ゼロから始める魔法の書 Ⅳ

―黒竜島の魔姫―

黒竜島という島がある。

島の八割が森に覆われ、残りの二割は空を穿つ巨大な火山。作物は育ちにくく、獲物は少なく、人間が快適に生活できる環境とは言いがたい。

そして、山には厄災を運ぶという竜がいる。

――それでも、島には人が生きている。

あるいは。否、だからこそ――と言うべきか。

竜は神聖な生き物だ。険しい環境の中に生き、荘厳で、猛々しく、美しい。

教会による女神信仰が定着する以前の時代、人々は竜を信仰してきた。そして罪人を竜の住む島に置き去りにし、裁きを受けさせようと考えたのだ。

黒竜島の始まりは、そんな罪人達を押し込めておくための流刑地だったという。

だが、竜は百年に一度目覚める程度で、目覚めたとしても人間の前に姿は現さない。

島に流された罪人達は竜に裁かれる事なく生き延びた。そして生き延びた罪人の数が増えると、力を合わせて動物を狩るようになり、畑を耕し、気が付くと村ができていた。それが数百年の月日を経て国が生まれた。

そこまでになってしまうと、島はもう流刑地としては使えない。

そしてそこに国が存在するのなら、教会は聖堂を作り、神父を配置する。

神聖な竜の住まう黒竜島――しかしその島にたった一つしかない教会は、今や完全な廃墟と化していた。

壁は剝がれ、屋根が崩れ落ち、聖堂の聖人像は砕け散り、あらゆる場所が獣に荒らされ、大量の蔦植物に侵食されている。

そんな教会に、一人の神父がふらりと足を踏み入れた。

鮮やかな翡翠色の髪を顎の下で切りそろえた、年若い神父である。

その両目は革の眼帯に覆われており、手にした杖で足元を確認するように、ゆっくりと聖堂の中を歩き回る。その足をふと止めて、神父はその場に膝を突いた。

床に指を滑らせ、口に含む。すぐに吐き出して、囁くように言った。

「――血」

若い神父は立ち上がる。

「教会への反乱の疑いあり――ですか」

神父は見えない目で窓から空を見上げる。

ふと――嵐が近付いてくる気配がした。

ゼロから始める魔法の書IV

―黒竜島の魔姫―

一章　黒竜島

1

高波が押し寄せて、船にぶつかって弾（はじ）ける音が船倉に響（ひび）いた。

一拍遅れて船が軋（きし）み、ぎぎぎ、という耳障りな音と共に床が傾く。と同時に、部屋の隅で何かが倒れ、転がる音がした。

荷物の固定が甘かったのか、度重なる揺れで縄（なわ）が緩（ゆる）んだか――床でぐうぐうと眠りこけていた俺は、そんな物音でふと目を覚ました。と同時に、完全に無防備だった後頭部に強烈な一撃（いちげき）を食らい、激痛にしばらく悶絶（もんぜつ）して飛び起きる。

「いってぇじゃねぇかクソがぁ！　どこのどいつだ今の冗談にならねぇ一撃は！」

剣を掴（つか）んで怒声を上げるが、睨（にら）んだ先には誰（だれ）もいない。

痛む頭をさすりさすり辺りを見回すと、くっくと、どこか楽しげな若い女の声が上から降ってきた。

「ただの樽（たる）だ、傭兵（ようへい）。敵ではない」

「樽だぁ？」

見ると、確かに酒がたっぷりと詰まった重たい樽が転がっていた。それが勢いをつけて転がり始めたら、止めに走った人間の骨を数人分粉砕する威力を発揮する。

「なるほど……ありゃ痛ぇな」

溜息と共に顔を上げると、布製の吊床に寝転がり、すらりとした長い脚を投げ出してゆらゆらと揺れている黒い影が目に入る。

ぶかぶかの黒い外套に身を包み、フードで顔を隠した女だ。顔を隠しているのに、そのフードからこぼれ落ちた長い銀色の髪と、蜜を滴らせる赤い林檎のような唇だけで、この女の美しさに息が詰まりそうになる。

それに加えて、死ぬほど丈の短いズボンと、腿の半ばまでくる靴下、さらに膝丈のロングブーツだ。はっきり言って、まっとうなご婦人のする格好ではない。

そしてもちろん、この女は〝まっとうなご婦人〟などという表現から最もかけ離れた存在だった。世界を滅ぼしかねない技術〝魔法〟の指南書【ゼロの書】を書いた、稀代の天才魔女――名をゼロという。

俺はその魔女に雇われた傭兵で、今は大海原を進む船の中だ。

さらに詳しく言うなら、大陸の中心に位置する港イデアベルナから、大陸南部最大の港ルートラを目指す、大型貨物船の船倉にいる。

目的は、【ゼロの書の写本】を作って世界にばら撒いた、〈不完全なる数字〉とかいう怪しげな連中の情報を得る事だ。

ルートラから陸路でゼロの故郷である〈弓月の森〉を目指し、そこにいる十三番という男から情報を引き出すというのが、俺達の大まかな計画だった。

「心配せずとも、君の寝首をかこうなどという勇気ある水夫はこの船には乗っていないだろう」

ゼロは重たげな外套のフードをついと上げ、不思議な青紫色の目を細める。

「何せ君は、領主の大事な〝荷〟なのだからな」

「〝大事な〟荷なら、もちっと厳重に保管してもらいたいもんだな。普通の人間だったら今の
で永眠してるところだぞ……」

言うと、ゼロは声を上げてケラケラと笑った。

「いかにもそうだ。であるからこそ——化物でよかったな、傭兵」

ゼロはハンモックから半身を乗り出して、からかうような目で俺の全身をざっと見た。

俺の容姿を説明するなら、全身を白い体毛で覆われた、二足歩行する大型肉食獣と言うの
が一番簡単だろう。

獣堕ちと呼ばれる半人半獣の化物で、有り体に言ってしまえば普通の人間からは恐れられ
ているし、嫌われている。

そんな俺が、船に乗って長距離移動するにはどうすればいいか？

家畜として船倉に押し込まれる事に甘んじるしかない。

本来なら頑丈な檻に入り、手足に枷をはめる事が乗船の条件なんだが、船の持ち主——つま
りイデアベルナ領主による特別な計らいで、船倉の一角を客室としてあてがわれたというのが

現在の状況だった。

狭い船倉は息苦しく、時々樽の襲撃で命の危険にさらされたりもするが、檻の中に比べれば遥かに快適な船旅だ。

水夫達が緊張するから極力船倉から出ないでくれとは頼まれているが、閉じ込められてるわけでもない。夜ならこっそり甲板に出て、外の新鮮な空気を吸う事もできる。

——とはいえだ。

「さすがにちと、揺れすぎじゃねぇか？」

「嵐が近付いていると、先ほど甲板で騒いでいたぞ。流されて航路から外れているとか、なんとか」

「おいおい……まさか沈むんじゃねぇだろうな」

「イデアベルナの船は、粉々にならない限りは決して沈まないと領主が言っていたが……」

「なら、嵐でバラバラにならない事を祈るばかりだな」

船倉のかなり高い位置にある小窓を開けて、そっと外の様子をうかがってみる。

見渡す限り黒い海だ。波は高く、船は大きく揺れている。ともすれば海水が窓から入り込んできそうだった。

「雨の降らない嵐……か」

ふと、ゼロが吊床の上で揺れながらそんな事を呟いた。確かに風は強いが、雨が降っている様子はない。

「珍しい事もあるもんだな」

「そうだな。外の世界は面白い」

「含みのある言い方するじゃねえか」

俺が言うと、ゼロは赤い唇をついと上げただけで何も答えない。

まあ、別にいいけどよ……。

「お、島が見える」

曇天の空模様の中、波の向こうに目を凝らすと、灰色の景色に小さく島が見えた。

雲に届きそうなほど高くそびえ立つ山を起点に、緑に覆われた陸地が扇状に広がる小さな島だ。立ち寄る予定なのか？　と俺が呟くと、ゼロがハンモックから飛び降りて「我輩にも見せてくれ」と駆け寄ってきた。

ゼロの身長では窓まで顔が届かないので、俺が肩に抱え上げて見せてやる。

途端に、ゼロが表情を硬くした。

「……傭兵、あれが見えるか？」

「なに？」

「あの島だ。山の周りを飛んでいる――」

確かに、ここからでも山の周囲を旋回する鳥の姿が見える。島自体は、まださほど近くないはずなんだが——って事は相当でかい鳥だぞ、ありゃ。

その時、船倉の天井にある扉が開いて水夫が顔を出した。

「おいあんたら！　嵐から逃げられそうにない！　ここからしばらく、かなり揺れるぞ！　獣堕ちの方はいいだろうが、女は柱に体をくくりつけとけ！」

頭を打って死にたくなければな、と水夫は怒鳴る。

どうやら帆を畳んで嵐が過ぎるのをひたすら待つ事にしたらしい。

言うだけ言って立ち去ろうとする水夫の背中を、俺は少し悩んで呼び止めた。

「仕事に口を出すわけじゃねえが、とりあえず島まで行って嵐が過ぎるのを待てばいいんじゃねえか？」

「島？　馬鹿言うんじゃねえよ。この海域に船が停泊できる島なんてない」

「けど、すぐそこに見えてるぜ？」

俺が窓を指差すと、さっと水夫が顔色を変えた。

「まさか……！」

普段は俺と同じ空間にいるのも嫌な様子なのに、この時ばかりは俺の近くにすっ飛んできて、木箱を踏み台にして窓の外を覗き見る。

「ほら、あそこに」

島があるだろう、と俺が言うと、水夫が喉を引きつらせた。

「冗談だろ！　ここまで流されてたなんて……！」

水夫は転がり落ちるように木箱から下りると、あっという間に船倉を飛び出していった。

「船長、島だぁ！　黒竜島（こくりゅうとう）が見えてる！　――竜が出るぞぉ!!」

そう、声の限りに叫びながら。

「……竜って言ったか？　今」

水夫の言葉に、俺は顔を顰（しか）めた。

「確かに言ったな。竜が出る――と」

ゼロも顔を顰めている。

竜なんていう恐ろしげな生き物を、俺は今までの人生でただの一度も見た事がない。噂（うわさ）だけなら何度も聞いた事があるし、どこかにいるんだろうなとは思っていたが――。

「竜ってのは、そうほいほい〝出る〟もんだったか？」

「いや、竜の眠りは長く深い。めったに目を覚まさないし、百年の眠りから覚めたとしても、いくらかの食事をしたらまた眠るだけの極めて大人しい生き物だと聞いている」

「だよなぁ」

〝竜が飛ぶのは厄災の前触れ〟ってのは有名な話だが、実際に竜を見た事がある人間なんてほとんどいやしないだろう。

だがさっきの水夫の剣幕は、伝説への恐怖というより、現実的な障害への危機感という感じだった。

「帆を張り直せ！　全力でここを離れるぞぉ！」

甲板に船長の怒号が響き渡ると同時に、また船が大きく傾いた。面舵いっぱいの、全速前進——恐ろしく切迫している。

俺はゼロを肩から下ろすと、甲板に向かう階段に足をかけた。

「傭兵？　どうする気だ」

「上を手伝ってくる。竜だかなんだか知らねぇが、嵐が近付いてるってのに帆を張るような状況じゃ、一人でも多くの人手が要るだろうからな」

「我輩も手伝おうか？」

「魔法で嵐でも止めてくれるのか？」

俺が笑って聞くと、ゼロも笑って答える。

「君がそう望むなら」

俺は足を止めた。振り向くと、ゼロは緊迫した状況にもかかわらず、いつもと変わらず悠然と微笑んでいる。

「しばらくは、その化物の姿でいる事に決めたのだろう？　テオの復讐を果たすために」

「……なんだ、突然。それと嵐となんの関係がある？」

テオという名を聞いて、自然と俺の表情は苦くなる。

こんな俺をダチと呼んでくれたガキの名だ。

――おじさん。

そう言って俺に笑いかけた、そばかすだらけの子供の顔を思い出す。一緒に旅をしようと言って笑ったそのガキは、俺の腕の中で血を吐きながら死んでいった。

ゼロの生み出した魔法(まほう)を悪用する〈不完全なる数字(セストゥム)〉とかいう集団の犠牲(ぎせい)になって。

「ならば我輩(わがはい)も君を人間に戻すために魔力(まりょく)を蓄え続ける必要はなくなり、自由に魔法が使えるという事だ。天候を操る魔法は少々骨が折れるが、ないわけではない。この嵐ならば、我輩にも止められそうだ」

俺がゼロを護衛するかわりに、ゼロは消耗した魔力が回復し次第俺を人間の姿に戻す。

それが、俺とゼロの間で交わされた大前提の契約だ。

だが人間に戻ってしまったら、俺は獣堕(けものお)ちの〝強さ〟を失う事になる。今までずっと、それでいいと思いながら生きてきた。そうなる事を夢見て生きてきた。

けれども、今は。

俺は腰に差したナイフを握り締(し)めた。テオが父親の形見として持っていたナイフだ。

そしてそれは今、俺にとってテオの形見となっている。

テオを死に追いやった連中をばらばらにしてやるという、誓いの証(あかし)になっている。

――そのためには、この化物としての強さを手放すわけにはいかない。

　ふと、荒れた海を映し出す小さな窓に自分の顔が写っている事に気が付いた。俺は今にも人間を食い殺しそうな恐ろしげな表情を、深く息を吐いて和らげる。

　和らげたところで、普通の人間にとっちゃ恐ろしげな化物である事に変わりはないんだろうが……。

「余計な事はしなくていい。ウェニアス王国の一件で魔女への偏見が弱まったっても、魔女はまだまだ世界の敵なんだ。わざわざ悪目立ちする必要はねぇよ」

　憎まれ役は俺の仕事だと言い残し、俺は甲板へと上がった。

2

　甲板に出ると、凄まじい強風に煽られて俺の巨体が一瞬よろけた。高波が甲板に襲い掛かり、水夫達を水の中に飲み込もうと暴れ狂っている。

「こいつは……思ってたよりひでぇな」

　ぼやいたところで、水夫の一人が波にさらわれ、船の外に投げ出された。咄嗟に甲板から身を乗り出し、水夫の足を掴んで甲板に引きずり上げる。

　ありがとうと言いかけた水夫の口が、俺の姿を見た瞬間固まった。

「あんた、船倉の——！」

「見ての通り、獣堕ちだ。言いたい事は分かるが、俺としてもこの船が沈むと困るんでな。力仕事しかできねぇが、好きに使ってくれ」

水夫が迷ったのは一瞬だった。

即座に俺に指示を飛ばし、俺は指示通りに甲板の上を駆け回る。何せ、大の男数人分の腕力を誇る獣堕ちだ。荷運びやら縄の保持やら、通常なら数人がかりの力仕事も俺なら一人で片付けられる。

船は嵐の風を帆に受けて、島を背にして高速で進み出した。帆をいっぱいに張った帆柱が折れんばかりに大きく軋み、帆自体も今にも張り裂けそうに見える。

「こんな風の中で帆を張るなんて、どう考えても正気の沙汰じゃねぇぞ！」

嵐に負けないように俺が怒鳴ると、水夫も大声で怒鳴り返してきた。

「んなこた俺達だって百も承知だ！　だが、黒竜島の竜は船を襲って沈める！　気付かれたらおしまいだ……！」

「なんで竜が船を襲うんだよ！」

「俺が知るかよ！　だが実際一年くらい前に、二隻の船が竜にやられたんだ！　最初は商船！二隻目はその救助船！」

両方とも沈んじまったよ、と水夫は怒鳴る。

その生き残りが、竜が出たと証言したのだと。

「それから黒竜島は迂回して進む事になってんだ！　それが嵐で流されるたぁ、女神様も残酷だぜ！」

俺は遠ざかる黒竜島を見た。そして、黒竜島の周りを旋回している鳥の姿を。

「……なんだ？　あの鳥――」

違和感を覚えて、俺は目を凝らした。

黒竜島は遠ざかっているはずなのに、鳥がさっきよりも大きく見える。

「近付いてきてる……？」

そして、近付くほどにその鳥の尋常じゃない大きさに気付かされる。

いや、あれは――。

「鳥じゃない……」

その全身を覆っているのは、鳥の羽ではなく黒い岩だ。ゆったりと羽ばたく両翼は嵐よりも強い風を巻き起こし、荒れ狂う海をさらに激しくかき立てている。

獣のような胴体には鋭い爪を持つ四肢と長い尾があり、胴から伸びる細長い首の先には爬虫類の頭が載っている。その頭からは、捻れた二本の巨大な角があった。

ああ、と水夫が絶望の声を上げる。

「竜だ……竜が出たぞ！　竜が出たァ！」

甲板のあちこちで「竜が出たぞ」と叫ぶ声が上がり、甲板は再び蜂の巣をつついたような騒ぎになった。

「ダメです船長！　追いつかれます！」

「大砲を用意しろ！　何がなんでもあいつを撃ち落とせ！」

だめだ——間に合わない。

水夫達が大砲を引っ張ってきて砲弾を詰める間に、竜は船に追いつくだろう。

竜に気圧されて呆けていた俺は、ようやく腰の剣に手をやった。あれが船に突っ込んできたら、間違いなくこの船は沈む。そうしたら、俺とゼロの旅はここで終わりだ。

剣を引き抜き、俺は船首に駆け上がった。

その時。

「狩猟の章第四頁——〈破岩〉！　承認せよ、我はゼロなり！」

水夫達の怒号の隙間から、聞き慣れた女の声が響いた。それと同時に、間近に迫っていた竜の周囲で爆発が起こり、竜の巨体が空中で大きく仰け反る。

甲高く響いた竜の叫び声に両耳を塞ぎながら、俺はゼロの姿を探して甲板を見回した。すると帆柱から左右に突き出した帆桁の上に、長い銀髪をなびかせて立つ黒い外套姿の女が見える。

「見ろ！　竜が——」

水夫が叫んだ。仰け反った竜が空中で体勢を立て直し、ゆっくりと頭を振った。黒い外殻が一部剥がれ落ちたその顔には、鈍い銀色に輝く鱗が覗いている。

――そして。

竜は静かにゼロを見た。

見られているのはゼロだ。それでも、凄まじい威圧感に全身の毛が逆立った。

あれは殺意だ。竜は自分を攻撃した存在が、ゼロであると気付いてる。

一瞬の静寂の後、大地が揺れるような咆哮が竜の巨体から轟いた。

竜と船の距離は、ちょうど竜の体ひとつ分。竜の羽ばたきが強風となって船上を煽り、帆桁に立つゼロが軽くよろめく。

「おい！　こっちに飛び降りろ！」

ゼロが俺を見下ろし、帆桁から飛んだ。その直後に急降下してきた竜の長い尾が空を凪ぎ、帆柱を真ん中から叩き折る。

巨大な木の柱が落下するように倒れ、甲板の一部を打ち砕いた。ちぎれた縄があちこちで弾け飛び、砕けた木片が降り注ぐ。

そんな中でもどうにかゼロを抱きとめて、俺は木片からゼロを庇って甲板に体を伏せた。

「傭兵、竜は我輩の目を見た……！　明確な悪意と殺意を持って！」

「そりゃあ出会い頭に魔法をぶちかまされたら、竜にだって悪意や殺意の一や二つ芽生えるだろうよ！」

「そうではない！　傭兵、あの竜は――！」

「なあおい、そりゃ今話さなきゃいけない事か⁉」

「すでに魔法を知っている」

なんだと？　と聞き返そうとした俺は、近くで弾けた爆音と閃光に一瞬意識を失いかけた。

弾を装填したままだった大砲が暴発したんだろう。

傭兵、と遠くで叫ぶ声がする。

いや、全ての音がひどく遠い。爆音で耳が馬鹿になってるようだ。

「船が沈むぞぉ！　全員海に飛び込め――船から離れろぉ！」

白く焼けた視界の中で、ゼロが俺の手を引いた。と同時に大きく床が傾いて、荒れ狂う海の中に放り出される。

水中に投げ出されたゼロを見つけて引っ張り上げ、浮かんでいた木の板に掴まらせる。

そのまま遠くに見える黒竜島まで延々と泳ぎ続け、どうにか浜辺に泳ぎ着いたところまでが俺の記憶だった。

たぶん、岸に着いた時点で力尽きて気を失ったんだろう。その時ゼロは確かに俺の腕の中にいた。

――だが次に目が覚めた時、俺は薄暗い牢の中にたった一人で鎖に繋がれていた。

3

「おいこらどうなってんだ！　いたいけな遭難者を鎖に繋いで檻に閉じ込めるなんざ、人道にもとる行為だぞ！　この国の教会は何やってんだ！　繋ぐならせめて新鮮な飼い葉を敷いた厩にしろ！」

目が覚めたら牢獄の中だった――というのは、ありがちな状況だからさして慌てる事でもなかったが、そこにゼロの姿がないというのが問題だ。

近くの房に監禁されているのかと思って声をかけてみたが、ゼロどころかほかの囚人の気配もない。

荷物も全て奪われており、今の俺の所有物といったら、首にはめられている首輪くらいのものだろう。おまけにその首輪から伸びている鎖は石の壁にがっちりと固定されており、俺の行動を著しく制限している。しかも鎖が短くて、どんなに引っ張っても檻の中央までしか行く事ができなかった。

腹立ち紛れに――というわけでもないが、俺は鎖をがしゃがしゃ響かせながら声の限りに怒鳴り散らし、自分でも「うるせぇな」と感じるほど大げさに暴れ狂った。

何せ、獣堕ちを捕らえた時は〝とにかく飢えさせて力を奪う〟というのが定石だ。黙っていたらこのまま七日間放置されかねない。

しばらく暴れて、それでも誰(だれ)も現れなかったら死んだふりをしよう。

騒音(そうおん)の直後に無音になれば、誰かしら様子を見にくるだろう。——というか、そろそろ暴れ疲れてきた。予定を切り上げて死んだふりに移行するか？

「——船が沈んで流れ着いたわりには、随分と威勢がよいのですね」

扉が軋(きし)む音と共に若い女の声が聞こえてきたのは、まさにそんな時だった。

俺は暴れるのをやめて、視界の外に現れた音だけの存在に意識を向ける。

足音は三人分。女が一人と、男が二人だ。

「目を覚ました時からずっとあの調子で……恐ろしくてとても近付けやしませんよ」

牢番(ろうばん)と思(おぼ)しき男の声が、へりくだった口調で女に訴えかけた。

「ありゃあ悪い化物です。飢えさせて首を落としちまいましょう。獣堕(けものお)ちつったって、何も生かしておくこたぁないでしょう」

「口を慎め。それは姫がお決めになる事だ」

男の声が鋭(するど)く牢番を叱責(しっせき)した。足取りは力強く、いかにも軍人然としている。

しかし——まさか〝姫〟とは。

分かりやすい人間関係だ。姿を見るまでもなく、着飾った姫君と、それに従う護衛の男と、そんな二人を先導する哀れな牢番が目に浮かぶ。

そして案の定、檻の前に現れたのはまさにそんな三人組だった。

おっと、ちと訂正だ。何から何まで予想通りの中で一点だけ、予想と違った事がある。

――ドレスではなく、黒い鎧に身を包んだ女だった。

ほっそりとした体の線に沿うように作られたその鎧には、遠目から見ても馬鹿馬鹿しいほど繊細な模様がびっしりと施されている。

傷一つなく、ピカピカに磨き上げられているところを見ると、鎧というよりは鎧の形をした装飾品と言った方がしっくりくるかもしれないが……。

とにかく、高貴な女がドレス以外の物を身につけているのがまず意外だ。

おいおい、と、俺はわざとからかうような声を出した。

「そりゃ一体なんの装束だ？　実戦に出ないお飾り騎士でも、もちっとまともな鎧を着るぞ。それとも、この島の王室じゃそういうドレスが流行か？」

「貴様――誰に向かって口をきいている！」

「さて知らねえな。まだご紹介に預かってないもんで」

俺の軽口に、護衛が激高して前に出た。

足音から想像できた通りの、堅物を絵にかいたような男だ。歳は二十か、それより下か。ガキとまでは言わないが、まあ若造だ。

礼節にうるさく、お堅い騎士というだけで十分に暑苦しいのに、短く刈り込んだ赤毛が暑苦

しさに拍車をかけている。

「お下がりなさい、ゴーダ。これとはわたくしが話します」

そんな騎士とは対照的に、女が涼やかな声で言う。

それでようやく、俺はまともに女の顔を見た。

髪は艶やかな蜂蜜色で、長く伸ばした前髪を左右に分けて三つ編みにした上で、頭の後ろで結い上げている。貴族特有の、手の込んだ髪型だ。

そして右目にはめられた装飾過剰の片眼鏡が、そもそもからしてキツそうな顔立ちを一層いけ好かない感じに仕上げていた。

残念だ、と。無意識にそんな事を思った。

頭のてっぺんからつま先まで、完璧に俺の好みじゃない。——まあ、女の好みをとやかく言えるような容姿でも身分でもないんだが。美人ではあると思うぞ。ゼロほどじゃないがな。

俺がしげしげと女を観察していると、女はふ、と唇に笑みを刻んだ。

「お前が人間の言葉を理解できるようで安心しました」

「獣堕ちを見るのは初めてか？　喋る化け物を見物に来たなら、ついでに金貨でも投げ込んでってくれるとありがてぇんだがな」

「随分と、よく口の回る……その様子ならば、心配はなさそうですね。鎖に繋がれて気が立っているのでしょうが、お前のような獣堕ちをほかの者と一緒に保護する事は最善とは言えません。これはお前にも理解ができますね？」

居丈高を絵にかいたような口調で言われて多少腹が立ったが、同時に俺は安堵した。

ほかの者と一緒に保護はできないって事は――だ。

「俺以外にも流れ着いた奴らがいるんだな？」

「数十名にものぼる水夫達が、島の浜辺に漂着しました。保護した者達はみなひとところに集め、治療を受けさせています」

ゼロが今も一人で浜辺に転がってるかと思うと気が気じゃなかったが、これで少しは安心できる。

俺は鎖を引っ張って身を乗り出した。

「その、保護した連中の中に銀髪の女がいただろう？　俺と一緒に浜辺に転がってたはずだ。よければその女を探して連れてきていただけませんかね？　俺の雇い主なんだ」

「――雇い主？」

女の片眉が、神経質そうに跳ね上がった。

「こう見えて雇われの身なんでな。目立つ女だからすぐに見つかるはずだ。そいつなら、俺を鎖に繋いどかなくても安全だと証明してくれるだろうよ。それと、俺の荷物はどこにやった？　そん中に――」

「忘れなさい」

ウェニアス王国が発行した通行証があるから、それが俺達の身の証になるはずだと説明しようとした俺の言葉を遮って、女が急に鋭い声を出した。

「……忘れろ？」

しかしその意味がよく理解できなくて、俺は首を前に落として聞き返す。

一体何を忘れろってんだ？　今の流れで俺が忘れるべき部分なんてあったか？

「別にお前さんらの隠しておきたい秘密を聞いた覚えはないんだが……それを忘れないと出してもらえねぇなら、喜んで忘れる。つか、今忘れた」

「その雇い主の事はお忘れなさい、と言ったのです」

「……なんだと？」

「その女は死にました。しかるに——お前は今日からわたくしの所有物となるのです。それがお前にとって最善の選択と言えるでしょう」

……いや。

いやいやいや。

そんな拾ってきた犬を飼う事に決めました、みたいな乗りで言われても困るんだが。ああ向こうさんにとっちゃまさにそういう乗りなのか。

ゼロが死んだ？　いや、そんなはずない。俺が浜辺に引き上げたとき、ゼロは確かに息をしていた。していたはずだ。

俺はゆるゆると首を振り、獣の顔ではあるが最大限好意的な笑顔を浮かべて言った。

「寝言は寝て言え、バァーカ」

言った瞬間、護衛の男が青ざめた。牢番も言葉を失い、女の表情だけが動かない。

俺はそんな女の顔を正面から睨み据え、わざと挑発するような言葉を吐いた。

「お嬢ちゃん、権力に溺れ過ぎて脳みそに酸素回ってねぇんじゃねぇのか？　あの女が死んだと言われて、俺がそれで〝じゃあ次はあんたが俺の雇い主だ〟なんて言うとでも思っていらっしゃるんで？　そんなでまかせ信じるわけねぇだろうが！」

「でまかせ……？　何故そう言い切れるのです？」

「海の藻屑と消えそうになってたご主人様を、俺が必死に泳いで岸までお連れしたからだよ。その時あの女は間違いなく生きてた。仮に死んでたなら、今も浜辺に転がってるはずだから、その死体を俺の前まで持ってこい。そうしたら信じてやるよ」

おっと、と俺は慌てて言い添える。

「勘違いしてもらっちゃ困るが、実際にあの女が死んでたとしても、俺がお前の所有物になるって事にはならねぇぞ？　俺にも雇い主を選ぶ権利ってもんがあるからな」

「この、卑賎な化物が……！　自分の立場というものを分からせてやる！」

先にキレたのは護衛の方だ。腰に下げた剣を抜き、牢番から鍵をひったくって檻に駆け寄ってくる。

その護衛を、女が鋭く制止した。

「ゴーダ。下がりなさいと言ったはずですよ」

「しかし、姫！」

「わたくしか、お前か——どちらかが檻に入れば、あれの思う壺です。人質を得て鎖から解放されようと企んでいると、なぜ分からないのです？」

護衛の男ははっとしたように目を見開き、苦々しげに目を伏せる。それから鍵束を牢番に突き返すと、荒々しく踵を返した。

「俺は失礼いたします。漂着者の選定がありますので」

「ええ。そちらは任せましたよ、ゴーダ」

女の声に御意と答えて、男は階段をずかずかと上がって地下牢を後にする。

「何しに来たんだ、あいつ……」

来て、怒鳴って、叱られて、去っていくとは——恐ろしく間抜けだ。

俺が思わず呟くと、くすりともせずに女が答えた。

「わたくしを守るつもりだったのでしょう。お前の姿は、気の弱い者が見れば気を失うほど恐ろしげですから」

「そりゃあ、こういう島じゃ獣堕ちは珍しいだろうよ。だからと言って、俺を所有物にしようって話は承諾できねぇがな」

「お前が承諾しようと、しなかろうと、お前はすでにわたくしの所有物です。そしてわたくしは、所有物を見せびらかしたいと思う方ではありません」

「……なんだと？」

俺はさっと血の気が引くのを意識した。

「お前が生涯この檻で暮らしたいと言うのなら、わたくしは止めません。お前の好きにするがいいでしょう。わたくしは忙しい身ですので、次にお前の様子を見にこられるのがいつになるかは分かりませんが……心配せずとも、日に三回は食事を届けさせましょう。牢番がお前を恐れて、食事に毒を盛らなければいいのですが……」

言うだけ言って、女はくるりと踵を返した。

「ちょ、ちょっと待てよ、おい！　はったりのつもりか？　そんな演技で俺が跪くと思ったら大間違いだからな！　おいこら聞いてんのか傲慢女！」

女は足を止めるどころか、振り返りもせずに牢から離れ、迷いのない足音を響かせながら去っていく。

ああ、これは本気だ。この女、本気で俺をここに閉じ込めたまま放置する気だ。

今あの背中を見送ったら、次に牢から出られる機会がやってくるのは下手すりゃ一年先になるだろう。楽しみといったら一日に三度の食事だけになり、その食事すら〝餌〟とも呼ぶべき残飯になるのは想像に難くない。

察した瞬間、俺は叫んだ。

「分かった！　俺の負けだ！　奴隷だろうが所有物だろうが毛皮の外套だろうが好きにしてくれて構わねぇから、とにかくここから出してくれ！」

女は歩みを止めない。——だめだ、完全降伏しかあいつを止める手立てはない。

さらば俺の意地と矜持と自尊心。

「今までの非礼をお詫び申し上げ、あなた様に忠誠を捧げます！　ご命令通りに致しますので、どうか檻から出してあなた様のお側にはべる事をお許し下さい！」

もちろん形だけの服従だが、それでも凄まじい屈辱だ。

女はたっぷりもったいぶってから足を止め、ゆっくりとした足取りで牢の前まで戻ってくる。

その女の顔に浮かぶ、満足げな笑み——。……俺は女の笑顔を見てこれほど殴りたいと思ったのは初めてだ。

「そこまで言うのなら、許しましょう。わたくしは、この黒竜島を統べる王国ノーディスの王女。姫、と。そう呼ぶ事を許可します——前々から、お前のような珍しい姿をした獣堕ちを所有したいと思っていました」

【幕間　魔法国家】

ふと目を覚ますと、ゼロは一人だった。

打ち寄せる波の音と、人々のざわめき、苦しげな呻き声や、怒鳴り声——そんな雑多な音の中でゼロはむくりと起き上がり、ここが崖に囲まれた砂浜である事を知った。首を反らして崖を見上げれば、崖の上には森と山が広がっているのが見える。そしてそんな山の斜面に沿って、家やら城やらがひしめいていた。

「……傭兵？」

軽く頭を振って、ゼロは連れの傭兵の姿を探す。あの巨体なのだから、近くにいればすぐに分かるはずなのに、長く広がる砂浜のどこを見ても傭兵の姿はない。

むう、と。ゼロは不機嫌に顔を顰めた。あの男、また我輩を一人にしたな、と内心で文句を言うが、文句を言いたい相手が目の前にいないのだからどうしようもない。

「仕方ない……我輩が探してやるか。何者かに連れ去られたか……？　まったく、世話の焼ける傭兵だ」

　ぶつくさ言いながら、ゼロは立ち上がって軽やかに指を鳴らした。一瞬風が舞い上がり、海水をたっぷり吸った髪やローブが綺麗に乾く。仕上げに砂や塩を払い落とせばいつも通りだ。

　とはいえ、なんだか隣がスースーするような気がする。あの傭兵は熱量の塊で、近くにいるととにかく温かいのだ。それがいないと、寒いしどうも落ち着かない。

　早く見つけなければと思った。それには――。

「……アレについていくのが得策か」

　ぞろぞろと、浜辺に人間が集まっているのが見えた。世慣れた傭兵でなくとも、あれがこの島に住む人間である事が分かる。揃いの装束を着ているところを見ると、近所の農民や死体漁りの盗賊というより、公的機関に所属する者達だろう。

「生存者を探せ！　動けない者は荷馬車で運ぶ！」

　そんな風に声を上げている男達に近付いて、ゼロは無言で荷馬車によじ登った。おい、と声を上げていた男の一人が咎めるような声を出す。

「動けない者だけだ。歩けるのなら向こうの兵についていて――」

　ゼロはフードをついと上げ、半分だけ顔を晒して苦しげな表情を浮かべて見せた。

「我輩、もう動けない」

「乗ってよし！」

即断である。ゼロの美貌に逆らえる男など傭兵くらいだ。

お墨付きを得て、ゼロはよしよしと荷馬車に寝転がる。ふと、隣で苦しげに呻いている水夫が目に入った。腹から大量に出血しており、長くは持ちそうにない。

傭兵ならばなんと言うか一瞬だけ考えて、ゼロはそっと水夫の傷に手を当てた。

「――これは運賃だ。我輩、ただ乗りなどはしないぞ」

笑って手を離すと、水夫の傷は塞がり、血は止まっている。苦しげだった水夫の表情が穏やかになり、ゼロは改めて荷馬車に寝転がった。


荷馬車は森の中を進み、ほどなくして城を抱く市内へと到達した。

市内は活気があるとは言いがたく、焼け落ち、崩壊している家がちらほらと目に入る。そんな壊れた家の中で生活している人々もおり、ゼロは首を捻った。

まるで戦争でもあったかのような惨状だった。特筆すべきは、町のそこかしこに見える地下への入口だ。

ゼロは荷馬車から身を乗り出し、馬を引く男の袖を引っ張った。

あの入口はどこへ続くのか、と聞くと、「地下坑道だ」と答えがある。

「ノーディスは――この国では地下で上質な宝石が採れるんだ。それで、地下には坑道が広がってる」

「では、町の働き手が、あの入口から地下坑道へ行くのだな」

そうだと答えて、男は一瞬ゼロの顔を見てしまってから慌てて正面に視線を戻した。わざとらしく咳払いをし、「今は少し違う」と言う。

「働き手だけでなく、全ての者が速やかに地下に入れるよう、入口を増やしたんだ。——竜を見ただろう？」

「うむ。襲われた」

「あれはときどき町にもくる。その間はみんな地下に隠れるんだ」

なるほど、それでとゼロは納得した。竜が襲来するのなら、家が壊れているのも、そして目の前にそびえ立つ城の外壁が、ところどころ崩れているのも当然だ。

荷車はそんな、外壁の崩れた城の正面で止まった。城の正門は四角い広場に面しており、広場の中央には記念碑が折れる事なくそびえ立っている。そして歩ける者達は全員、その記念碑を中心に集められているようだった。

怪我人はそのまま城内に搬送される様子だったので、ゼロはひらりと荷馬車から飛び降りた。傭兵が重傷者の中に混じっているとは思えないし、事の成り行きに興味がある。

人垣の後方からゼロが近付くと、水夫達は命じられるまでもなく勝手にゼロに道を開けた。

ゼロは一言も発する事なく、ごく普通に道を歩くように、人垣の最前列まで歩み出る。

ここにも傭兵の姿はないようだな、とがっかりしていると、いかにも騎士風の男が一人、記念碑の前に備え付けられた壇上に立った。

鮮やかな赤毛を短く刈り込んだ、精悍な若者である。

「諸君！ すでに理解しているとは思うが、ここは黒竜島を統べる王国ノーディスである。諸君は竜に襲われこの島に流れ着いた。しかるに、いくつか理解しておいてほしい事を説明しておく」

「まず一つ！ この島から出る事はできない。この島に船はなく、またこの島に船は来ない」

ざわめきが広がった。

「二つ！ この島に住む人間には、それぞれ〝役割〟が割り振られる。その役割は、それぞれの適性にあったものをこちらで選定する事とする」

「仕事を勝手に決められるって事かよ！ ふざけんな！ 俺たちゃ船乗りだぞ！」

「それがこの島で生きる者の絶対条件だ！ 不満があれば船乗りらしく、木を切り倒して船でも造り即刻海へ出よ！ ――また竜に沈められるのが恐ろしくないのならな！」

鋭くはねつけられて、血気盛んな水夫達が静まり返る。赤毛の男は「それでいい」とばかりに大きく頷き、最後に信じがたい言葉を口にした。

「三つ！ この国に教会はなく、魔女の技術である〝魔法〟の才が重要視される！ 諸君らも例外ではない！ よって、これより魔法の才を持つ者の選定を始める！」

二章　姫と馬

1

一国の王女が鎧を身につけて、獣堕ちなんかに直々に会いにくる——まったく理解しがたい話だ。

お姫様ってのは普通、綺麗なドレスを着て、刺繍したり詩を読んだりして一日を過ごし、貧者に施しを与え、教会で祈るもんじゃなかったか？

直接王女様に謁見を賜ったのはこれが初めてだから、世の中のお姫様ってのはみんなこんなもんだと言われたら俺には反論のしようもないんだが……。

まあ、国にはそれぞれ事情があるし、竜が出る島なら尚更複雑怪奇な事情がありそうだ。

王女がまず俺にさせた事は、自分で自分に手枷と足枷をはめる事だった。

しかも手枷、足枷、首輪のそれぞれを鎖で繋いであるから、動きがかなり制限される。——鎖の太さがお飾り程度で、素材が金じゃなければの話だが。

これ、俺が本気で引っ張りゃちぎれるぞ？　それが想像できないほど馬鹿には見えないんだが……。

「——鎖の細さが気になりますか？」

内心を気取られて、俺は軽く耳を伏せた。するとと王女はくすりと笑う。

「その枷と鎖は、お前を拘束するための物ではありません。お前がわたくしの所有物である事を周囲に知らしめるための飾りです」

「今すぐ引きちぎりたくなってきた」

「子供じみた事はおやめなさい。それはお前を守る鎖でもあるのですよ？　その鎖があって初めて、力なき者達はお前という存在を受け入れられる。お前がその鎖を引きちぎり、暴れ出したら最後、お前はみなに殺されてしまうでしょう」

「俺がお姫さんを人質に取りゃ、そう簡単には殺されねぇんじゃねえか？」

牙を剥いて脅しをかけるが、王女は怯えるどころか、俺に視線を向けもしない。

「諦めなさい。わたくしはお前よりも強い。よって、お前がわたくしを人質にできる可能性は、万に一つもありません」

自分の実力をほんの少しも疑っていない、自信に満ち溢れた口ぶりだった。

この細腕のお姫様が俺より強いとはとても思えないんだが……アクディオスにいた殺人神父の例もある。見た目によらず、実は剣の名手だったりするのかもしれん。

王女は俺を連れて牢を出ると、長い廊下を抜け、人一人がようやく立てる程度の狭苦しい階段を上って外に出た。

空は曇っていたが、薄暗い地下牢から出た直後だと眩しく感じられる。空気も美味いし、鎖で拘束されているとは言っても自由ってのは素晴らしい。

目が光に慣れたところで辺りを見回すと、ここが城壁に囲まれた裏庭である事が分かった。目の前には石造りの壁、背後には石造りの城とくれば、ほかにないだろう。

真四角の主塔――どう見ても〝塔〟じゃなくて〝箱〟なんだが、城の中心となる建物は〝主塔〟って呼ぶ事になってるから仕方ない――と、それを囲む城壁。その二つだけで構成された、かなり古い様式の城だ。

地下牢の入り口に牢番がいないのは、俺以外に囚人が存在しないからかもしれない。実際、俺も別に囚人というわけじゃない。

「さあ、まずはその汚れた体を清めなさい」

「清めるって……」

視線を巡らせると、なるほどすぐそこに井戸が見えた。

つまり、海水と泥を井戸水で洗い流せという事らしいが……。

湯を用意してくれってのは、贅沢な相談なんだろうな。俺は諦めて井戸水をくみ上げ、頭から冷水をかぶる。地下水はよく冷えてんなぁ。寒くて泣きそうだ。

おまけに枷と鎖のせいで腕は腰の幅より広げられないし、歩幅も歩くのが精いっぱいで、動きづらい事この上ない。

当然服も脱げないので、服の上からがしがしと体を洗う事になる。

「その汚らしい服は捨てておしまいなさい。後でもっとふさわしい物を用意させます」

「それまで裸でいろってのか？　冗談じゃねえ！　っつーか俺の荷物はどうしたんだよ。そこに替えの服が入ってるんだから、それ使わせてくれよ」

「お前は色が白いから、何色でも似合うのでしょうね。飾りがいがありそうで、わたくしは嬉しく思っています」

「清々しいほど綺麗に無視してくださってありがとうよ……！　なあおい、お姫さんよ。全部とは言わねぇから、ナイフだけ返してくれねぇか？　親友の形見なんだよ。それさえ返してもらえりゃほかの荷物は全部諦めてもいい」

「――ナイフ？」

お、意思の疎通ができたぞ。よかった完全に無視するつもりじゃなさそうだ。

「知りませんね」

「もうちょっと考えたり調べたりしてから答えを出せよ！　おい、これに関してはマジで言ってんだぞ俺は。俺のナイフを返せ！」

即答で否定じゃ答えてもらっても意味がない。

俺は全身の毛を逆立てて本気で吠えた。しかし王女は俺の怒声などそよ風だとでも言うように、わずかに視線を逸らすばかりだ。

「知らないと言ったでしょう。それより、早くその服をお脱ぎなさい」

「ナイフを返すなら、跪いて足だって舐めてやるよ。俺としては穏やかに事を進めたいんだがな、荒っぽいのがお好みなら、こっちも傭兵流にいかせてもらうぞ……！」

「ふぅん……？　力づくで要求を通そうと？　獣堕ちという生き物は、実力差に敏感なものだと思っていましたが……」

クソが腹立つなこの女。身長なんぞ俺の胸の下までしかないくせに、まるで遥か高みから見下ろすような目で俺を見る。

「そこまで言うなら、その実力差とやらを是非とも拝ませていただきたいもんだな。殺しはしねぇが、毎晩獣の悪夢を見るくらいの覚悟はしてもらうぞお姫さんよ……！」

鎖を引き千切ろうと腕に力を込めた、その時だ。

「姫！」

蹄の音が聞こえてきて、俺は顔を上げた。

そして一瞬、完全に言葉を失う。

蹄の音を響かせて駆け寄ってくる、その姿――。

「な……なんだあいつ……！　う、馬から人間がはえてるぞ……!?」

自分でも何を言ってるのかよく分からないが、そいつはそうとしか表現しようのない異様な姿をしていた。

栗毛の馬だった。そして本来馬の頭があるべき場所から、人間の胴体がはえている。そこから上は完全に人間で、深緑色のしゃれた上着まで着ているもんだから、俺は最初「馬に乗った男がいる」と思ったほどだ。

だが違う。まさか、と思うがほかに考えようもない。

あれは――。

「馬の獣堕ちか……⁉」

「何を驚くのです？　お前も同じ獣堕ちでしょう」

「どこが〝同じ〟獣堕ちだ！　あんなの俺でも見た事ねぇぞ！」

獣堕ちにもいろいろいるが、大体は「二足歩行する獣」と表現できる姿をしている。

ウェニアス王国で会った狼の獣堕ちもそうだったし、最近クレイオン共和国で会った鷹の獣堕ちでも、背中から羽がはえている事を除けば俺と同じような風貌だった。元となる獣の頭があって、毛皮や鱗に覆われた体って共通点がある。

だがあの獣堕ちは、腕が二本に足が四本だ。〝人と獣が混ざった〟というより〝人に獣を追加した〟ような感じで、なんというか同じ獣堕ちという感じがしない。

「やはり、あのような獣堕ちは大陸でも珍しいのですね……あれはラウル。わたくしの愛馬です」

「愛馬って……まさかあれに乗るのかよ……！」

王女は答えず、目の前に迫ったラウルに向かって声を上げる。

「何の騒ぎです、ラウル。お前を呼んだ覚えはありませんよ」

勢い余って軽く前足を上げてから、ラウルと呼ばれた馬の獣堕ちは軽く足踏みしてから王女に向かってうやうやしく頭を下げた。

「申し訳ありません、姫様」

「あまりよくない雰囲気でしたので……差し出がましいとは思ったんですが、心配で」

気遣わしげに眉を寄せる顔は、どこからどう見ても人間の優男だ。だが視線を少し下げれば、そこにはやはり馬の体がある。

王女は神経質そうに溜息を一つ吐き、「過保護ですね」と言ってゆるゆると首を振った。

「少し、戯れていただけです。お前が心配するような事ではありません」

「それならいいんですけど……それで、そちらの方は？」

「今日、わたくしが拾った獣堕ちです。当座はお前と同じ厩に住まわせるので、色々と世話をしてやりなさい」

ラウルは俺に振り向いて、王女に対するのと同じように頭を下げた。

「沈んだ船に乗船なさっていたんですね？　ご無事で何よりでした」

「あ、ああ……いや、まあ……おう」

しどろもどろになる。なんというか、どこを見て話したらいいやら……。

「あの、どうかしましたか？」

「あー……や、その……」

心配そうに顔を覗き込まれて、俺は視線を逸らしながらガシガシと首の後ろをかいた。尻尾を足に巻きつけて、居心地の悪さをやり過ごす。

「すまん。獣堕ちの知り合いはいくらかいるんだが、ちょっとお前みたいなのを見たのは初めてで、どう反応したらいいか……」

普通の人間が俺の姿を見た時ってのは、きっとこの感覚の数倍凄まじい衝撃なんだろう。それを思えば、俺を見て悲鳴を上げる連中を俺は決して責められない。

ああ、なんだ、とラウルは安堵したように肩を落とす。

「僕もあなたの姿を見て驚きました。話では聞いていましたが、本当にこんな風に〝混ざる〟のかと……この島には、僕以外に獣堕ちはいませんから」

「いるだけで驚きだ。こういう小さい島じゃ獣堕ちが産まれると、すぐに殺されるか、大陸に売られるかって相場が決まってるからな」

「僕も殺されかけましたが、逃げたんです。ご覧のとおり、足がとても速いので」

言って、ラウルは軽く馬の蹄で地面を引っ掻いて見せる。

「で、それからずっとお姫さんの〝馬〟か？」

「昔はよく、背中にお乗せして走ったりもしたんですよ」

「本当に乗せてたのかよ……そりゃ、家畜根性旺盛なこった」

「家畜ですから」

「嫌味で言ってんだぞ。ちった怒れよ」

「事実を言われて怒ったりしません」

人間のできた馬だな。これが草食動物の気質ってもんか？

王女はそんなラウルの馬身部分を細い指先でそっと撫で、優しげに目を細めた。

「そう――そして有用な家畜は、時に無能な人間よりも大切に扱われる。お前もわたくしにとって有用な家畜である事を期待していますよ」

そうすれば、と王女は続けた。

「お前にもご褒美をあげましょう」

「骨付き肉でもくれるってのか？　そいつぁ光栄なお話だな」

「例えば、そう――お前が先ほど言っていた、親友の形見のナイフとか」

俺は目を見開き、大きく身を乗り出した。

「やっぱり知ってるんじゃねえか！　今すぐ返せこのアマ！」

「褒美が欲しければ、大人しくわたくしに従う事ですね――さあ、その薄汚れた服を脱いで、汚れた体を清めなさい」

ふふ、と。王女は気品に満ちた笑みを浮かべて俺の神経を逆撫でする。

畜生、くびり殺したい。だが一国の王女を手にかけたりしたら、俺は生きてこの島を出られなくなるだろう。そうでなきゃ、俺がこの島の人間を全員殺すかだ。

とにかくゼロと合流するまでは我慢しよう。ムカつきはするが、少なくとも王女は俺を敵や害悪とは認識していないらしい。

俺は舌打ちしつつビチビチとシャツを破いて、大人しく頭から冷水をかぶった。

するとラウルが一度どこかに姿を消して、乾いた布を持ってきてくれる。細やかな気配りのできる獣堕ちなんぞ聞いた事ねぇぞ……。

「しかし、服を用意するまで裸というのも見苦しいですね。そう湿っていては、せっかくの毛並みも台無しですし……」

「お前が脱げって言ったんじゃねえか」

それに下ははいてる。裸じゃねえ。

「あのボロ切れを着ているくらいなら、裸の方がマシだと言ったのです」

「さようでございますか。そいつは失礼いたしましたね」

どうしたものでしょうと王女が顎に指を添えると、ラウルが横から口を挟む。

「僕の外套をお持ちしましょうか。僕の身長に合わせて作ってあるので、ちょっと長いかもしれませんが」

ラウルの身長は、簡単に言って騎乗した男程度だ。頭の位置だけで考えると俺よりも少し高く、馬の足部分まで届く外套となると俺でも引きずる可能性がある。

「ありがたい話だが、湿ったうえに毛が付くぞ？」

「洗えばいいだけですから」

と——。

何かに気付いたようにラウルが顔を上げた。

普通の人間より少しだけ尖った耳に手を当てて、表情を曇らせる。

「どうした？」

「いえ……音が」

つられて俺も聴覚に集中すると、ざわざわとした声が聞こえてくるようだった。よくは分からないが、不穏な空気を感じる。

直後に、凄まじい爆音が辺りに響いた。王女が思わずと言ったように両耳を塞ぎ、苛立ちに肩をそびやかす。

「これは——広場の方？　ゴーダめ、何をしているのです……！　ラウル！　これに着せる外套を！　シロ、お前はわたくしについてきなさい」

「……シロ？」

まさか俺の事じゃねえだろうな？　いや俺の事なんだろうな。

なんなんだ？　イデアベルナの領主といい、この国の王女といい、権力者ってのは獣堕ちに妙な呼び名を付けなきゃ気が済まねぇ生き物なのか？

しかし文句を言う間もなく、王女はすでに走り出してしまっている。

俺は仕方なく、制限された歩幅で駆け出した。しばらく走ると後ろからラウルが追いついてきて、俺の肩に外套をかけてくれる。

「やっぱり少し長いですね……」

と、困ったような表情で首を傾げるその下半身では、当然だが馬の足が力強く地面を蹴っている。その凄まじい違和感に、俺は静かに目を逸らして正面を見た。

獣堕ちの俺が言うのもなんだが、こいつの存在にはしばらく慣れそうにない。

2

「何事です、誰か報告をしなさい！　ゴーダは何をしているのです？　さきほどの爆音は一体――⁉」

王女が俺達を連れてきたのは、城門を出てすぐの広場だった。

細長い記念碑と、その周囲に作られた円形の広場。広場の周囲には店や民家が集っているが、そのどれもが半壊、ないしは全壊している。

しかも何があったか知らないが、土煙が立ち込め、悲鳴や怒号が飛び交っているから末期の戦場といった雰囲気がある。

そんな場所に、漂着した船乗り連中が集められているらしかった。

何があったのかは知らないが、むくつけき男達は寄り集まって、広場の一点――記念碑の辺りを指差してしきりに騒いでいる。

「姫様！　ご報告します！」

王女の声に答えて、衛兵と思しき男が一人駆け寄ってきて、王女の前に跪いた。

「漂着した者達の保護を終え、選定に入りましたところ、あの女がゴーダ様を――」

混乱しきった様子で早口に説明し、衛兵はもうもうと立ち上る土煙を指差す。

女と聞いて、俺は顔を上げた。土煙がふと晴れて、二つの人影が浮かび上がる。

その内の片方の姿を確認し、俺は思わず安堵の息を吐いた。

「なんだよ、やっぱりちゃんと生きてるじゃねえか……！」

黒いぶかぶかの外套に、死ぬほど丈の短いズボンと、腿まで届く長靴下。――そんな奇妙な格好をしている女が、この世に二人といるわけがない。

だが俺の心を満たした安堵は、そう長居してはくれなかった。

様子がおかしい。

ゼロのというより、ゼロを取り巻く周囲の状況が――。

「殺したと、言ったか」

静かな、だがよく通る声でゼロが訊いた。

その冷たい視線の先には、先ほど俺を見分しにきた王女の護衛――たしかゴーダとか言ったか――が地面に仰向けに倒れこんでいる。

それだけでも悲惨な状況だと分かるのに、ダメ押しの一手があった。

――ゼロのフードが脱げ落ちている。

長い銀髪が風になびき、見る者に恐怖すら与える完璧な美貌が、ゴーダを冷酷に見下ろしていた。

「あ、ぐ……」

呻いて、ゴーダはどうにか体を起こそうともがいた。しかしゼロが一歩足を踏み出すと、ぎくりと体を竦ませて顔を上げる。

ゴーダはゼロの顔を見た。悪い事に、正面からまともにだ。

ごくりとその喉仏が上下に動き、にじみ出た汗が顎を伝って地面に落ちる。

「我輩の傭兵を、殺したと。殺してその毛皮を剝いで、敷物にしてやったと――貴様は今そう言ったのか？　だから我輩に傭兵を忘れろと」

あちゃあ、と俺は頭を抱えた。

ゼロは俺を探していたのだ。そしてどんな不運な偶然が重なったのか、ゴーダはそんなゼロに対して「殺した」と答えちまったらしい。

その返答が、ゼロの逆鱗に触れたのだ。

傭兵一匹が死んだくらいでいちいち目くじらを立てるなと何度も言ってるのに、学習しねえ女だな。

俺が生きてる姿を見せれば収まるか？　そうでもしないと、ゼロはあのままゴーダを消し炭にしそうな勢いだ。

「アレは我輩の友だった。我輩の唯一だった。それを殺したと言うのなら、――相応の覚悟はしてもらうぞ。我輩、極めて不愉快だ……！」

「ば……ちょっと待て魔女！　落ちつ――」

俺は声を上げ、大きく足を踏み出した。

瞬間。

「――ザハード　ロフド　疾く貫け！」

呪文の詠唱が鋭く響いた。

俺の、すぐ隣から。

愕然として、俺は王女に振り向いた。すると王女は見えない弓を引くような――つまり、いわゆる〈鳥追〉を使う姿勢を取っている。

「……嘘だろ」

と俺が呟いたのと、

「狩猟の章第二項――〈鳥追〉！　承認せよ、我が名はアムニル！」

と王女が叫んだのは同時だった。

そして実際に、その手から光の矢が放たれた。それはまっすぐにゼロへと飛んでいき、ゼロに当たる直前で跡形もなく霧散する。

馬鹿な、と王女が驚愕の声を上げた。

「わたくしの魔法が失敗した……!? いえ、確かに発動していたはず！」

「わ……〝わたくしの魔法〟!? おいお前、それどうやって――」

素っ頓狂な声で聞き返した俺の肩を、ぐいとラウルが後ろから引っ張った。

「驚く気持ちは分かりますが、今は下がってください。危ないですから」

「危ないって……！」

「ラウル！　贄を！」

俺を無理やり後ろに押し下げて、ラウルが俺を庇うように前に出る。かと思うと急に細身のナイフで自分の手の平を切りつけ、そのナイフを王女に差し出した。

王女は当然のようにそのナイフを受け取って、ばらばらに散っている衛兵達に号令を飛ばす。

「者共、怯んではなりません！　相手はたかだか女一人！　今こそ我らが魔法兵団の力を示すのです！」

魔法……兵団……？　って、言ったか？　今、この王女。

だめだ、俺の頭じゃ状況についていけない。

王女が魔法を使って、それで――兵団って事は、魔法を使える奴がこの場にはほかに大勢いるって事か？

そして俺がその結論に達するのと同時に、数十人もの衛兵がゼロを取り囲み――一斉に詠唱を始めた。

呪文はさっきの王女と同じ〈鳥追(スタイム)〉で、無数の光の矢がゼロ目掛けて放たれる。

だが、その程度でゼロがうろたえるわけもない。

「――笑止」

腕の、たったひと薙(な)ぎ。

それだけで、無数の光の矢は消失する。〝魔法(まほう)〟はゼロが作り出した技術だ。その魔法でゼロを傷つける事はできないと、前にゼロは言っていた。

「やはり無駄、ですか……あれほどの力を持った魔女(まじょ)が、今までどこに……！」

苦々しげに――というよりどこか興奮した様子で呟(つぶや)き、王女はラウルから受け取ったナイフの切っ先で、空中に何か文字を描いた。かと思うと、早口で詠唱し始める。

そのナイフから滴り落ちる血を見て、俺ははっとしてラウルを押しのけた。

大きく前に出るなり声を張り上げ、ゼロを呼ぶ。

「魔女！　気を付けろ！　この女、獣堕(けものお)ちの血ででかい魔法を――」

使う気だ、と俺は叫んだ。

するとゼロは俺の存在に気付いて笑みを浮かべかけ、

「傭兵！　死んでなどいないと思っていたが、やはり生きて――」

一瞬の後に表情を凍りつかせる。

「……首輪？」

そう、ゼロの唇が動いた。

そして俺は、自分の奴隷のような有様を思い出す。

――ああ、まずい。

まずい姿を見られちまった。

俺はこういう、首輪だとか鎖だとか、檻だとかという扱いに慣れている。だがゼロは、自分の連れが家畜のように扱われる事に慣れていない。

「我輩の……傭兵に……」

ゼロの視線が、俺から王女へと移動した。

「首輪をつけたのは貴様かぁああぁ！」

「収穫の章第八項――〈崩岳砕〉！　承認せよ、我が名はアムニル！」

ゼロの怒号に被せるように、王女が詠唱を終えて叫んだ。王女がかざした剣の切っ先に、今にも弾け飛びそうな密度の力が集まるのを感じる。すかさず、ゼロが王女に向けて右手をかざした。

「〈却下〉だ！　貴様に魔法は使わせない……！」

ゼロが鋭く命じると、王女の魔法が霧散する。前にゼロがアルバスの魔法を〈却下〉した時とまったく同じ光景だ。

馬鹿な、と王女は狼狽を顕にし、同時にゼロが悠然と微笑んだ。

「――こちらの番だ。心せよ！　そして我輩の作った魔法で我輩を害しようとする事の愚かさを心に刻め！　〈崩岳砕〉とは、本来こうして使う魔法だ！」

ゼロが指の先で空中に文様を描いた。さっき王女がやったのとまったく同じ動作だが、その動作だけで格の違いが見て取れる。

「バーディガ・ルム・ド・ガーグ　大地を震撼させし普く力の苗床よ　我を阻みし障害を打ち砕け！」

はっとして、俺は叫んだ。

「ま、待て魔女！　お前その位置関係で魔法使ったら俺まで……！」

「耳を塞げ傭兵！」

耳？　と聞き返しながら、俺は咄嗟に耳を塞ぐ。

「収穫の章第八項――〈崩岳砕〉！　承認せよ、我はゼロなり！」

次の瞬間、鼓膜が破れんばかりの轟音と、視界が白む閃光が俺達に襲いかかった。地面が割れるんじゃないかと思うほどの衝撃に、俺は立っていられずその場にしゃがみこむ。

そのまま――数秒。

音と揺れが収まって、俺は恐る恐る目を開けた。

咄嗟に周囲を確認するが、何も壊れておらず、誰も怪我をしている様子はない。王女もラウルもキョトンとしている。

「おい、あれ――！」

群衆の中で誰かが叫んだ。その男が指差しているのは、俺達のすぐ背後――振り向いてみて、俺はあまりの事に愕然と顎を落とした。

たしか、俺達の背後には、崩れかけた廃墟が立ち並んでいたはずだ。それが全て吹き飛んで、見事な更地ができあがっていた。瓦礫の痕跡さえ存在しない、むき出しの土だ。邪魔な岩や木の根も見当たらず、少し鍬を入れれば見事な畑ができるだろう。

そこまで考えて、はたと気付いた。

「ああ……畑作るための魔法なのか、これ……」

「いかにも。であるから、これは収穫の章なのだ」

呆然とする事しかできない俺達の耳に、ゼロの楽しげな声が飛び込んできた。振り返ると、即席の畑を満足そうにみやるゼロがすぐ背後に立っている。

「勘弁してくれよ……俺ごとふっとばすつもりなのかと思ったじゃねぇか」

「我輩は魔法で人を殺したりしない。本来の使い方を見せると言っただろう」

「本来の使い方なんか知らねぇよ！　俺は【ゼロの書】読んでねぇんだから！」

そういえばそうか、とゼロがとぼけたように言う。そこでようやく、茫然自失（ぼうぜんじしつ）していた王女が我に返って立ち上がった。

「こんな、馬鹿な事が……ひ、広場が畑になるなんて……！」

爆風（ばくふう）のせいで綺麗（きれい）に編み上げていた髪がぐしゃぐしゃに崩れ、繊細（せんさい）な細工の施された片眼鏡にもヒビが走っている。

お高く止まっていた王女がうろたえてる姿ってのは……なんというか、悪くない。性格が悪いって？　自覚してるし処置なしだ。

「これが〈崩岳砕（クドラ）〉の威力だというのですか？　では、わたくしが今まで使っていた〈崩岳砕〉とは一体……！　それに、どうしてわたくしの魔法が発動しなかったのです！」

わなわなと全身を震（ふる）わせ、王女はキッとゼロを睨（にら）む。

「それに、お前に〈鳥追（スタイム）〉が効かなかった理由は？　そもそも――なぜお前は魔法が使えるのです！」

なぜも何も、とゼロは小首を傾（かし）げてみせる。

「魔法を生み出したのが我輩だからだ」

「は……はぁあ!?」

一国の王女にあるまじき、威厳もへったくれもない聞き返し方だった。まあ、無理もないだろう。突然現れた女が「我輩が魔法を作った」などと言い出したところで、虚言癖（へき）のある危ない奴にしか見えないだろう。

　だがゼロはそんな事お構いなしに、王女に向かって思い切り尊大に胸を反らしてみせる。

「我輩は無意味に意味を見出し、無より有を生み出す泥闇の魔女――君のふるう〝魔法〟を生み出し【ゼロの書】に記したのは、誰あろうこの我輩である」

　王女はポカンとしてゼロを見た。それからゼロに手も足も出なかった魔法兵団を見やり、最後にゼロの魔法で作り上げられた完璧な畑を振り返る。

　――まあ、この状況が全ての証拠か。

　少なくともゼロという魔法使いが、自分達より数段格上である事は王女にも理解できているだろう。これで説明は済んだとばかりに、ゼロが俺を振り仰いだ。

「傭兵、少し頭を下げろ。首輪をはずしてやる。これは所有の証だろう？　君は我輩の傭兵だというのに、こんな物をつけては我輩が可哀想だろう」

「俺が、じゃねえのかよっ」

　ゼロが俺の首に手を伸ばし、パチンと指を一回弾く。

　すると猛獣用の頑丈な首輪があっけなく壊れて地面に落ちた。すっと呼吸が楽になり、俺は首をさすりながらほっと深く息を吐く。

「助かった。息苦しくてな」

「なんのこれしき、だ」

こうなってくると、鎖で繋がれているのも馬鹿馬鹿しい。俺が両手足を拘束している鎖を引きちぎると、ゼロは満足げに頷いた。

それからふと王女に視線を移し、

「返してもらうぞ。これは我輩の傭兵だ」

と微笑む。

その笑顔に王女は表情を硬くしたが、否を唱える事はできなかった。

3

城に面した広場に突如出現した、広々とした畑。

その畑に、当然のように鍬をいれ、種をまく農民達。

そんな光景を、記念碑を背もたれにして座りこみながら、呆れとも感心ともつかない表情で見つめる俺という図式が、一瞬前まで混乱していた城の広場にできあがっていた。

「折角畑ができたのだから、利用しなければもったいないでしょう?」

というのは王女の言葉だ。

王女がうろたえたのは一瞬で、すぐに意識を切り替えて混乱の収拾にあたった姿には、いっそ男らしさすら感じられた。広場に畑ができたと分かるや否や、「それでは野菜を作りましょうか。先日畑を失った農民をつれてきなさい」と命令するなんざ、並大抵の神経でできる事じゃない。

「すみません、お待たせしてしまって」

ぼんやりと広場を眺めている俺の横では、ラウルが器用に四つの足を畳んで座っている。

そしてゼロはそんなラウルの背中に寝転がり、「我輩、初めて馬に乗った」とはしゃいでいる。

「いや、こっちの責任ってのもあるから、待つのは構わねぇけどよ……なんつーか、なんなんだ？　あの女は」

「姫様ですか？　――お綺麗な方でしょう」

「誰が顔の話をしてるんだよ」

「えーと……じゃあ、お優しい方でしょう？」

「誰の性格の話をしてるんだよ⁉」

思わず叫ぶと、ラウルは「あはは」といかにも穏やかな好青年といった感じで笑う。俺にはとてもじゃないが真似できない笑い方だ。

「姫様は本当にお優しい方なんですよ。ちょっと誤解されやすいですけど……」

俺は両腕からぶら下がっているちぎれた鎖を、軽く掲げてラウルに見せた。

「民を怯えさせないためって、説明されませんでしたか？」

聞こえてたのかよ、と聞くと、「ほかに理由がないので」と答える。

「家畜呼ばわりされてるわりに、随分あのお姫さんと通じ合ってるじゃねえか」

「その家畜呼ばわりも、僕を守るためですから」

「はぁん？」

疑問を込めて聞き返す。ラウルは少しだけ笑顔を曇(くも)らせた。

「僕は、人を一人殺してるんです」

「獣堕(けものお)ちなら、誰だって何人かは殺(や)った経験があるだろう。むしろ一人ってのが驚(おどろ)きだ」

「そう……ですね。ええ、大陸ではそうだと聞いた事はあります。僕の場合は、それが自分の母親でした」

ラウルは悲しげに目を伏せると、腕を広げて自分の巨体を俺に示した。

「この体を、普通の人間が無事に産めるわけないんです。母は僕を宿したまま死に、父は子供だけでも助けようとその腹を裂きました。そして、中には僕がいた——その時の父の恐怖に引きつった表情を、僕は今も覚えている」

奇妙な事に、ラウルは生まれる前から物心がついていたのだという。

腹の中にいる自分に、毎日優しく話しかけてくれた母の声を覚えている。そして、その優しい母を殺して生まれたのが自分だと。

父親に化け物と罵(ののし)られ、生まれたばかりの足でラウルは逃げた。

ラウルには自分のせいで母が死んだ事も、なぜ父が自分を殺そうとするのかも分かっていた。だから逃げて、隠れて、人の気配を避けながら木の実や草を食べて森で一人で生き延びたのだという。だが迂闊にも足を怪我し、動けなくなっていたところを、狩りの最中だった王族の一行に見つかった。

当然その場で殺される流れになったが、たまたま狩りに同行していた王女によって〝拾われた〟のだとラウルは笑った。

「姫様は、自分が〝欲しい〟と言わなければ僕が殺されると分かっていたんです。そして一国の姫が自分の家畜だと主張すれば、誰も僕を殺そうとしないと」

今から十年以上も前の話で、当時王女は八歳の誕生日を迎えたばかり——泣いて「あの馬が欲しいのです」とだだをこねる王女の願いを、娘を溺愛していた王は受け入れたというわけだ。

ふうん、と声を上げたのはゼロだった。

ラウルの背中で寝転がり、眠たげに空を見ていたはずのゼロは、いつの間にかラウルに横座りして俺を見ている。

「なるほど、それで我輩の傭兵を自分の所有物だと主張したわけか。——ならば我輩、許してやらない事もない」

「俺は許さねぇぞ……！　少なくともテオのナイフを返すまで許さねぇ！」

「お前がわたくしを許そうと、許すまいと——わたくしには関係のない事です」

キビキビとした足音と共に、王女の冷淡な声が耳に飛び込んできて、俺は顔を上げた。

ラウルがすっくと立ち上がり、その背中から落ちてきたゼロを俺が抱きとめる。

「姫様。――ゴーダ様は？」

ゼロが「ゴーダとは誰だ？」と俺に目だけで聞いてくるので、「お前がさっき魔法でふっとばした、王女の護衛だよ」と教えてやる。

なるほど、護衛かと答える辺り、ゼロはゴーダの名前を覚える気はなさそうだ。

王女はラウルに軽く頷いて、疲れたようにそっと頭を押さえた。

「予定通り、遭難者の選定に入りました。休ませようかと思いましたが、本人がかすり傷だと言うなら、それが最善でしょう」

「姫様も少し休まないと……さっきあんなに魔法を使ったんですから」

「言われずとも分かっています。けれどその前にやる事が……」

「そう――問題はそれだ。我輩はそれが聞きたい」

魔法と聞いて、ゼロが俺の腕から抜け出して立ち上がる。

「なぜこの島では、こんなにも魔法が広まっているのだ？」

そう聞いてから、ゼロはいったん「いや」と自分の質問を否定した。

そして、改めてこう聞き直す。

「こう聞いた方が率直か――【ゼロの書】はどこだ？」

王女の鳶色の瞳が、硬質な片眼鏡の向こうで気難しげに細められた。

二呼吸分の沈黙を挟んで、ふ、と王女が軽く息を吐く。

「そんな物は知らない、と言ったら？」

「勝手に見つけ、勝手に奪う。しかるのち、この島に生きる全ての人間から魔法を奪う。それが我輩の目的だ」

「わたくしが、わたくしの国で、そんな勝手を許すとでも？」

「君の言葉を借りるなら――王女よ。君が許そうと、許すまいと、我輩には関係ない」

いいぞいいぞ。さすがは稀代の天才魔女だ。言ってやれ言ってやれ。

「我輩の力は見ただろう？　君達の魔法は我輩には通じない。我輩は要求をする。それに対して君達がどう行動するかは勝手だが、君達の行動によって我輩達は行動を決める。君の自由に選ぶがいい。我輩を敵に回すか、否かをな」

堂々と言い放つゼロの姿は、いっそ気持ちいいほど傲慢で偉そうだ。

傲慢な女が二人、睨み合うような沈黙がしばし――。

ふ、と、また王女が唇から息を漏らした。よくよく見れば王女の唇は、笑いをこらえるように震えている。

なんだ？　と思った次の瞬間、王女は声を上げて笑い出した。

眉根を寄せて、控えめながらも苦しげに笑うその姿は、さっきまでの酷薄そうな王女からは想像もつかないほど、年相応の少女らしい。

「な、何がおかしいのだ……？　傭兵、なぜこの女は笑っているのだ？　我輩の巧みな話術が、王女の心を溶かしでもしたのか？」

　いいえ、と王女は笑いながら否定する。

「違うのです。申し訳ありません。ただ……そう、あなたはあまりにも、わたくしが想像した通りの方だった。わたくしはそれが嬉しいのです」

「我輩が、想像通り……？」

「そう……この国にもたらされた【ゼロの書】を読んで、わたくしは想像をめぐらせていたのです。この本を書いた魔術師はきっととても聡明で、とても無邪気で、そして冷酷な方なのだろうと――ああいつか、その方にお目にかかりたいと」

　目尻に浮かんだ涙をほっそりとした指で拭って、王女はぱっとゼロの手を取った。そのまま地面に跪き、ゼロの手の甲に自分の額を押し当てる。

　俺は思わず「嘘だろ」と声を上げた。

　あの居丈高で高慢ちきな王女が、他人に跪いてみせるとは――。

「あなたを敵に回す事が最善とは言えないのは明白です。――ようこそ、ゼロ様。わたくしは、この国の第一王位継承者・アムニル――ノーディスの王、ノーディスの民、ノーディスの地を代表し、心より歓迎申し上げます」

4

「全ての始まりは七年前——この島にやってきた一人の魔術師(まじゅつし)です。彼は二つの国の丁度中間にある森に住み着くと、両国の国民に魔法(まほう)を広めました」

王女は俺達(たち)を広場から連れ出すと、「落ち着ける場所にお連れします」と正門をくぐって城の内部へと案内した。

道すがら使用人を捕まえて「着替えの用意を」と言いつけ、中庭の中央にぽっかりと口を開けている広々とした階段を下りて地下を目指す。

「この島にゃ、ノーディス以外にも国があるのか？」

「正確には、国があった、です。滅びたのですよ。——魔法による戦争で」

なんだと？　とゼロが低く問い返す。

「ではその魔術師は、魔法を戦いの道具として広めたのか？」

「いいえ。彼が我々にもたらした魔法は大きく分けて二種類。一つは狩りのための。もう一つは作物を育てるためのものでした」

「——狩猟の章と、収穫(しゅうかく)の章。やはり、この国には二冊の写本があるのか……！」

ゼロの呟(つぶや)きに、俺は目を瞬(しばた)く。

「〝やはり〟って……予想してたのか？」

「先ほどの魔法兵団とやらが使ったのは、狩猟の章の〈鳥追〉だ。そして王女が使った魔法は〈崩岳砕〉。ならばこの国には、最低でも二つの章の魔法がもたらされた事になる」

「なーるほど」

長い階段を下りきると、四角い踊り場にたどり着いた。踊り場を曲がると、階段はさらに地下へと続いている。──どこまで続くんだ、この階段。すでに地上の音は聞こえないほど深くまで潜っている。

「二つの国は、昔からとても仲が悪かったんです」

王女の解説を引き継ぐように、ラウルが静かに口を開いた。

「元々は一つの国だったんですけど、ある理由から分裂して二つの国に……それから百年以上も戦争状態で、いつも物資や食料が足りなかった」

「戦争は金がかかるからなぁ」

兵士の装備や馬は消耗品だし、戦っている間、兵士は農作業や狩りなんかの仕事ができない。何をするにも人手が必要なのに、その人手が戦争で駆り出されたうえに、死んで二度と戻ってこなくなる。当然国は疲弊するし、だから休戦と戦争を繰り返す。

「けど、七年前に魔法が伝えられて、みんな少しずつ魔法を覚えて……どちらの国も暮らしが楽になりました。あの頃の事は、僕もよく覚えてます。みんな戦争なんか忘れて、一生懸命魔法を覚えて……ときどきは国同士で作物と獲物を交換したりして」

だが、平和は長続きしないもんだ。

狭い範囲で収穫や獲物が増えれば、人間ってのはさらなる広い土地を欲するようになる。

もっと広い土地さえあれば、もっと豊かになれるのに、と。

狩猟のための魔法と、農業のための魔法——それは正しく広められたが、気が付けば戦争のための魔法となり、両国はより豊かな暮らしを夢見て領土争いを繰り広げた。

そして、国が一つ滅びた。

新しい技術の浸透にもっとも役立つのは戦争だと、誰かが言っていたのを思い出す。

争いこそが人間の本能であり、戦争が起これば人間は十年分の進化をたった一年で成し遂げる、と。

「本格的な戦争になったのは、二年前です。一年間の戦争で、たくさんの人が亡くなりました……両国とも疲弊していましたし、物資も足りなくなっていた。そんなおりに、隣国の王が竜の眠る〈禁足地〉に足を踏み入れて、竜を目覚めさせてしまったんです」

「なんで戦争中に新しい問題を引き起こしてんだよ。馬鹿じゃねえのか」

「竜の土地を手に入れられれば、戦争をやめられると考えたのでしょう。この島の半分は、竜の縄張りである〈禁足地〉ですから」

愚かな事です、と王女が心底から見下すような声で言った。

「魔法があれば竜を狩れると驕ったのでしょう。かの国は古来より強く竜を信仰し、竜を守り続けた国だったというのに……その竜に剣を向け、滅ぼされた」

王が竜に食い殺され、隣国――アルタリアというらしい――の無条件降伏という形で二つの国は一つになった。それが今から一年前だと、王女は端的に締めくくる。

するとようやく、階段の終わりが見えてきた。最後の一段の向こうには巨大な二枚扉があって、大きく開かれた扉の前に門番が二人立っている。

王女の姿を目に留めて、二人の門番は踵を打ち鳴らして物々しい敬礼をしてみせた。

「報告を」

と王女が聞けば、

「異常ありません！」

とキビキビとした言葉が返ってくる。よく訓練された兵士だ。

王女は満足げに頷いて、扉を通り抜けた。

そこに広がる――地下の世界。俺は絶句して立ち止まった。

「……町だ」

狭苦しい坑道や地下通路に繋がっているとばかり思っていたが、俺が今立っているのは地下に広がる、活気あふれる町だった。

天井はかなり高く、上部の壁面に木の足場で通路を作ってあるところを見ると、二階層をぶち抜いた吹き抜けになっているらしい。

広々とした広場には露店が集まっていて、広場を中心として四方に道が延びている様子は地上での町の作り方と変わらない。

大勢の人間や、時には荷車がひっきりなしに行き来しているし、壁という壁に松明が吊るされ、地下だというのに恐ろしく明るい。

おまけに、壁や天井から色とりどりの宝石の原石が顔をのぞかせているのが見えて、俺は唐突に理解した。

「ここは……宝石の採掘場か……⁉」

俺の言葉に、王女は軽く頷いた。

「いかにも、数百年の歳月をかけて作られた、地上の町よりも巨大な地下採掘場です。ここそがノーディスの心臓部——であるからこそ、竜からの襲撃にも今まで耐えてこられました」

俺はその場にかがみ込み、ゴミのように転がっている宝石の原石を拾い上げる。松明の炎に透かすと、石の内側に薄青色の貴石が見えた。

「蛍石ですよ」

ラウルが俺と一緒に原石を覗き込み、それが何なのかを言い当てる。

「宝石の原石だろ？　適当に扱いすぎじゃねえか？」

「蛍石はこの島ではゴロゴロ採れるので……それに交易の船が来なくなって、宝石を採掘する意味がなくなってしまって……今はこうして、避難所として役立てています」

「避難所ってより、もう居住区じゃねえかこれ。竜が暴れ出したのが一年前だろ？　そんな短期間でここまでできるもんか？」

俺の言葉に、王女が「これは昔からです」と答えた。

「採掘場で働く者は、一日のほとんどを地下で過ごしていましたから、もとから地下で必要最低限の生活は送れるようになっていたのですよ。もちろんいくらかの改造はしましたが……魔法で岩を吹き飛ばせば、手作業ならば十日かかる仕事が一瞬で片付きますから」

「活用してんなぁ、魔法」

俺が感嘆の息を吐くと、ゼロが広場をぐるりと見回し、機嫌よく笑う。

「我輩だったら、竜がこなくてもこの町に住みたい。土と地下水と家畜の臭い――ここは我輩の育った穴ぐらのようだ」

「もっといい物をお見せしましょう。こちらへ」

王女に促されて、俺達は地下に広がる街を奥へ奥へと進んでいった。

土の壁に彫り込んだ棚に商品を並べた店があったり、分厚い絵織物で仕切られた部屋があったりと、地上の廃墟のような有様と比べて生活はかなり豊かに見える。

通りすがりに部屋を一つ覗き込むと、なみなみと水をたたえた大理石の水槽があり、そこに大勢の人間が水を汲みに集まっていた。

天井から滝のように流れ落ちる水が、絶えず水槽を満たしているらしい。水槽から溢れた水は床に切った溝で逃がされ、部屋の外へと流れていく。

その水がどこに行くのかと少し視線で追ってみると、どうやら家畜の飲料水として流れ着く仕組みらしい。

「どうなってんだ、この坑道は……」

俺が溜息と共に呟くと、ラウルが「地下水脈ですよ」と穏やかに言った。

「かなり深く掘ってあるから、地下水脈が坑道の上を流れてるんです。だから天井に穴をあけると、ああやって水が落ちてくる――便利でしょう？　ただの坑道だったのを、人が快適に暮らせるようにって、姫様が考えたんですよ」

「よくそれを実行しようと思ったな。大工事だぞ、こりゃ……つーか、国王はどうしてんだよ」

「陛下はもう長くご病気で……先日、身罷りました」

身罷った。つまり、死んだわけか。この国の国王が。

――って事は、つまり。

「じゃあの女、もう王女じゃなくて女王じゃねえか！　なんでそんなお偉い身分の方があんな自由にうろうろしてんだよ！」

「まだ戴冠式が済んでいないので、正式には王女ですし……」

「そういう問題か⁉」

した。

「ラウル、シロ！　何をぐずぐずしているのですか！」

気が付くと足が止まっていたらしい。王女からの叱責が飛んで、俺とラウルは慌てて歩き出

追いつくと、ゼロが「シロ？」と不思議そうに俺を見た。それからしばらく考えて、「確かに白いな」と謎の納得をする。

ゼロにとって〝呼び名〟なんてもんは個体を識別するためのものでしかなく、俺が職業で呼ばれようが毛並みの色で呼ばれようが個人の自由という考え方なんだろう。

「我輩もそう呼ぼうか？　君の特徴を直接的に表現している、悪くない呼び名だと思うぞ」

「やめろ！」

と俺が叫ぶと、王女が神経質そうに片眉を吊り上げる。

「わたくしの付けた名が気に入らないと……？」

「あたりめぇだろうが。シロなんていかにも猫みたいじゃねえか」

すると、え？　とラウルが意外そうに俺を見た。

「ね、猫科の獣堕ちじゃなかったんですか……？」

「そういう話をしてるんじゃねえよ！　猫科の獣堕ちなら猫っぽい名前でいいだろうとか、そういう話じゃねえんだよ！　俺には親に付けてもらった名前がちゃんとあるんだよ！」

「して、その名は？」

「そりゃ――って、その手には乗らねぇぞ！　てめぇにゃ教えねぇよクソ魔女が！」

ゼロの軽妙な問いに反射的に答えそうになり、俺はすんでのところで踏みとどまった。するとゼロは楽しげに笑い、「惜しいな、下僕にしそこなった」などと言う。

そんなくだらないやり取りをしている内に、王女は坑道のかなり奥まった場所にある扉の前で足を止めた。

ほかの部屋の入口にはほとんど布がかけてあるだけだったのに、ここだけ錠が下りるようになっている。

「変な罠じゃねぇだろうな……」

「怖いのですか？　見た目によらず、シロは臆病なのですね」

「あたりめぇだ！　勇気のある傭兵なんてのは真っ先に死んでるっつの！　つーか、その呼び方やめろよ！」

「先に入りますよ」

「あ、おいこらちょっと待――！」

「もたもたするな、傭兵。ここに至って無駄なあがきは見苦しいぞ。――我輩としては、愛らしいとも感じるがな。初めての部屋に怯える子猫のようだ」

侮辱的な言葉と流し目を残して、ゼロは王女に続いて扉の向こうに消える。残されたラウルは俺の様子をちらと見て、

「怖いなら、手を繋いであげましょうか？」

俺は無言で拳を握り締め、ラウルの頭――には手が届きにくいので、馬身部分を殴りつけた。

「あいっ――ったぁ！　ど、どうして殴るんですか⁉」

「うるせぇ！　優男みたいな面で〝怖いなら手を繋いであげましょうか〟とか言ってんじゃねぇよ気色わりぃ！」

「そんな性格の悪そうな言い方してないじゃないですか……」

ひどいなあ、とラウルは上半身を捻って殴られた体を確認する。

「で？　中には何があるんだ？」

「姫様が内緒にしたいみたいだから、僕も内緒にしておきます。きっとびっくりすると思いますよ」

そのラウルの言葉を証明するように、中からゼロのはしゃぐような声が聞こえてきた。

「傭兵、早く入ってくるといい！　きっと君も気に入るぞ！」

とまで言われては、これ以上抵抗もできまい。

満面の笑みでラウルが戸を開け、俺は渋々部屋へと足を踏み入れる。

その瞬間俺を襲う、真っ白な湯気の塊――独特の金属臭。

「おふっ……！　おいなんだこりゃ……！　つーかこれ、この匂い……！」

「そう――温泉です」

湯気の向こうから王女の声が聞こえてきて、俺は白く濁った視界に目を細めた。

「温泉って、お前な……こんなとこに連れてきてどうす――ぎぁあああぁ！」

少しだけ湯けむりが晴れて、王女とゼロの姿形が辛うじて分かるようになった瞬間、俺は悲鳴を上げながら思い切り壁の方に体を向けた。

着てない。

俺の目が確かなら、ゼロも王女も間違いなく何も着ていなかった。

そして、案の定。

「どうって……温泉でする事と言ったら入浴に決まっているではありませんか」

「そうだぞ傭兵。君もはやく脱ぐといい。この温泉は王女の専用だが、特別に我輩達にも使わせてくれるそうだ」

「脱げるかぁ！　あまつさえ一緒になんぞ入れるかぁ！」

俺は部屋中にわんわんと響き渡るくらいの大声で叫んだ。

俺は男なんだぞ。立派な大人の男なんだぞ！

それが女と一緒に風呂に入るなんぞ、一体どんな地獄だ！　いやむしろ天国か？

どちらにせよあの世の世界だ。この世で許される事じゃない。

「風呂に入るなら勝手にしろ！　俺は出てるからな！　今から出てくからな！　お前らそこから動くなよ？　絶対に動くなよ？　俺の視界に入るなよ！」

「待つのだ、傭兵。そうかっかする事もないだろう」

突然、白い二本の腕が背後から腰に回されて、俺は全身を硬直させた。

背中に感じる体温は、間違いなく人間のもので、ゼロのもので――つまり服を着ていない女のもので。

「この――大馬鹿野郎がぁ！」

腰に回されたゼロの腕を摑んで引き剝がし、俺は肩から引っ掛けていた外套を頭からゼロに引っ被せた。毛布でくるまれたような状態になり、ゼロはラウルの外套から抜け出そうともがもがと暴れ出す。

「な、何をするのだ傭兵……！　前が見えないではないか」

「何をするのだは俺の台詞だ！　少しは慎みを持てと何度言えば分かるんだお前は！　何度言えば分かってくれるんだ⁉」

俺が悲痛な声で訴えながらガクガクとゼロを揺さぶると、王女が俺からゼロの体を奪い返す。

俺は慌てて地面とか壁とか、とにかく見ても問題のないものに視線を逃がした。

「一体何を大騒ぎしているのです？　シロ。……もしやお前、女の裸が珍しいのですか？」

「あぁあもぉお！　なんでどいつもこいつもそういう話に持っていくんだよ！　珍しいとか珍しくないとかいう話じゃやねぇだろうが！　女は普通、男に裸を晒したりはしねぇもんなんだよ

……！」

「そういった〝貞操〟の概念は、女神を信仰する教会が持ち込み、民に植え付けたもの。魔法を操るわたくしは、そのような瑣末な事に頓着しません。ねえ、ゼロ様？」

ぷは、と外套から頭を出して、ゼロは何事もなかったかのようなすました顔で、厳かに頷いた。

「うむ。見られて減るものでもないしな。我輩、傭兵と一緒に入りたい」

だめだ……！　こいつら常識が通じねえ！

つーか俺は今、自分が教会の提唱する常識とか倫理とか清貧とか貞操とか、そういう概念に意外にも賛同している事に気が付いた。気付かされちまった……！　この二人の魔女によって！

今ならあのいけすかねぇ眼帯神父と、肩を組んで語らえる気がする。

俺が恐怖と絶望にわなわなと震えていると、バサリと布を脱ぎ去る音がした。

なんだ？　俺が一瞬見た限りでは、ゼロもすでに何も着てなかったはずだが……。

俺は恐る恐る目を開けて、そっと音のした方を見る。

すると、ラウルの笑顔と目があった。上着と肌着を脱ぎ去ったラウルを改めて目にすると、馬身と人体部分の接合部がよく見える。

――ほんとに混ざってんだなぁ、こいつ。

などと思ったのは一瞬で、俺はもっと大切な事に思い至って慌ててラウルを呼び止めた。

「待てこの馬、てめぇ！　なに平然と一緒に入ろうとしてるんだ！」

「え？　それは、だって……姫様のお湯のお世話は僕の仕事ですから……」

「けしからん！　けしからんぞ！　神よ、この国はただれてる！」

「傭兵さんも、服を脱いだらそこの籠に入れてくださいね。結構床が濡れてるので、びしょびしょになっちゃいますから」

悶絶する俺を無視して、ラウルはカロカロと蹄の音も高らかに湯船に向かおうとする。俺はその体をがっしと摑み、無理やり俺の方に引きずり戻した。

「ちょ、ちょっと何するんですか！」

「何するんですかはこっちのセリフだ！　今はてめぇの姫様だけじゃなくて、うちの魔女もいるんだから勝手に見るんじゃねぇ！」

「見なきゃお体を洗ってさしあげられないじゃないですか」

「見るだけじゃなくて触る気かてめぇ⁉」

「二人共、戯れ合うのは構いませんが、ほどほどにするのですよ。――ラウル。今日は客人がいるので、私の世話は最小限で構いません。シロの相手をして差し上げなさい」

――と、いうわけで。

温泉につかる女二人と、壁を睨みつけて直立不動する男二人という図式ができあがった。

「心配しなくても、僕はあなたの大切な人をいやらしい目で見たりしないですよ？」

「誰が大切な人だ！　そういう話じゃねえだろう、ただの一般常識だろう！」

優しげに微笑みながら明後日の方向にぶっ飛んだ解釈をしてくるラウルに、俺は教会がせっせと世界に広めた「恥じらい」だとか「貞淑」だとかいう概念をつらつらとラウルに語って聞かせる。

ラウルはそれにうんうんと頷いていたが、結局たどり着く結論が「嫌がる人がいるのなら、僕はそれに合わせます」なのでまったく話が嚙み合わない。

俺はラウルに納得してもらうのを諦めて、力なく肩を落とした。

「大体、なんでいきなり温泉なんだよ……落ち着ける場所つったらもっとこう……いろいろあるだろうがよ……」

「姫様が言うには、この温泉には魔力を回復する力があるんだそうです。だから姫様は、魔法を使って疲れるとここでしばらくお休みになるんですよ。最近はバタバタしてましたし、よく眠れていないみたいで……ここだけが姫様が落ち着ける場所なんです」

「そんな場所に、俺達みたいなよそもんをホイホイ連れてきてよかったのか？　つーか、【ゼロの書】の話はどうなったんだよ？　あと俺のナイフ！　返せ！」

最後の方は、湯船にいる王女にも聞こえるように言った。

すると王女は悠然と、

「聞こえませんね。もっと近くで話しては？」

と俺を挑発してくる。ちくしょう、俺が振り向けないと思いやがって……！

俺だってその気になれば……！　風呂でほんのり赤く染まった頬だとか、しっとりと汗ばんだ桃色の肌だとか……！　そのくらいなんとも……！

「傭兵さんってムッツリスケベの気質ありますよね……」

「うるせぇ余計なお世話だ！」

俺が怒鳴ると、俺以外の三人が声を上げて楽しげに笑う。

「まあ――冗談はさておき、だ」

ほう、とゼロが深く息を吐いた。

すると俺の周囲の湯けむりも少しゆらいで、意味もなくドキリとする。クソ、湯船につかってもねぇのにのぼせそうだ。

「【ゼロの書】の話を聞かせてもらおうか、王女よ。さきにも話した通り、我輩は不正に流出したそれを回収するために旅をしている。そして、それをもたらした魔術師の情報を得るためにな」

「その情報を得て、どうするつもりです？」

「【ゼロの書】を回収し、この島における〝魔法戦争〟の原因となった魔術師を殺す」

きっぱりとした宣言だった。

【ゼロの書】の原本がウェニアス王国のアルバスのところにある以上、この国にあるっていう【ゼロの書】は写本だ。そしてその【ゼロの書の写本】は、クレイオン共和国の一件でテオを——俺の親友を殺したサナレとかいうクソ女が書いた。

その写本をこの国に持ち込んだ魔術師なら、どう考えたってサナレの同類って事になる。

ぞわぞわと、背筋を這い上がってくる黒い感情があった。

心臓にナイフを突き立てて、血を滴らせながらどこかに消えたあの女——俺は、あれで奴が死んだとは思っていない。なんせ〝死霊術〟なんて魔法を作り出すくらいだからな。

仮に死んでいたとしても、その死体をばらばらにして犬の餌にするくらいの事をしてやらなきゃ俺の気が収まらねぇ。

そう、と王女は呟いた。

「……ではあなたは、魔法を消し去ろうとしているのですか？　魔法を生み出した事が間違いであったと、そう思っているのですか？」

「そうではない。……だが、魔法による戦争で大勢が死んだと君は言った。そういう事だ。我輩の生み出した魔法が我輩の手を離れ、我輩の思惑とは違う使われ方をしている。我輩はそれが我慢できないのだ」

「ですが、そもそも生み出された技術を完璧に制御するなど不可能です。あなたは魔法を生み出したその時から、〝自分の思惑とは違う〟使われ方を想定するべきだった。そして事実それが起こった今、それを奪うのではなく、許容すべきでは？」

「許容など——できるものか。道を外れるのは仕方がない。だがそれがどうしても修正できぬと分かったら、我輩はこの命にかえてでもこの世界から魔法を奪う。例え世界の敵として歴史に名を刻もうとな」

「それは、独裁……というのでは？」

低く、責めるような王女の問いに、ゼロはあくまで泰然として答えた。

「我輩は正義を語るつもりはない。我輩は、我輩の望むように行動するだけだ。その行動を独裁と呼ぶのならば、そうなのだろう」

ゼロが指先で湯を遊ばせる音が部屋に響いた。

ラウルは先程から落ち着かない表情で、ちらちらと湯船の方を気にしている。

そして、

「——もし魔法を失ったら、この島の人はもう、生きてはいけません」

ついに、静かだがはっきりとした声で言った。

「この島に魔法が伝えられたのは七年前です。子供の中には、魔法がなかった時代を知らない子もいます。彼らは魔法が存在する事を前提に畑を耕して、狩りに出て……火を起こしたり、料理をしたりするんです！」

ラウルは湯船に振り向いた。俺も釣られて振り向いちまったが、湯けむりが濃いうえに、肩まで湯につかってる二人の体はちらとも見えないのでホッとする。

「魔法が使えない人もたくさんいますけど、そういう人達ですら、魔法に頼って毎日を過ごしてるんです！　魔法を伝えてくれた魔術師の方だって、すごく穏やかで優しい人なのに、殺すなんて……」

今更やってきて、全てを奪うなんて横暴だとラウルは言いたいんだろう。

だが、ゼロの答えは揺るがない。

「それでこの島の人間が滅ぼうと——そうすべきだと思ったら、我輩はそうする。それが我輩の答えだ」

「けど……！」

「おやめなさい、ラウル。この方は生まれながらの魔術師です。我々とはそもそも考え方が違う。どこまでも合理的で、自分にとっての最善を追求する……どこまでも、わたくしの想像通りです」

窮地に立たされているはずなのに、王女はあくまで楽しげに微笑んだ。

「お聞きの通りです、ゼロ様。——つまり、同じなのですよ」

ゼロは怪訝そうに首を傾げた。

「同じ……とは？」

「我が国が迎えるであろう結末です。あなたに逆らい、今滅ぼされるか。あなたに従い、十年の後に滅びるか——それだけの違いでしかない」

なるほど、とゼロは笑う。

「ならば、素直に我輩に写本を渡す道理はないな。我輩と戦い、抵抗した方がまだ望みがあるというわけだ」

「いかにも。広場ではあなたに逆らう愚行はおかさないと口にしましたが……あれは撤回(てっかい)します。あなたの思惑を知った今、あなたに従い、全てを手放す事は我が国にとって最善とは言いがたい」

それに、と王女は言葉を繋(つな)ぐ。

その声はどこか楽しげで、穏やかに弾んでいる。

「ただ、純粋に手放したくないと思うのです。初めて呪文を口にして、初めてこの指に小さな炎が灯(とも)った時——わたくしは涙が出るほど嬉(うれ)しかった。灰色に停滞していたわたくしの世界が急に色付き、全てが動き出した……そんな風に感じました。ただ、どうしようもなく——」

一呼吸置いて、王女ははっきりと、揺るがぬ意思を込めて口にした。

ゼロが「魔法を奪う」と言ったのと同じくらいきっぱりと。

「わたくしは、魔法というものが好きなのです。とても、とても、とてもね」

王女の言葉を聞いたゼロの顔を見て、俺は思い切り鼻の頭に皺(しわ)を寄せた。

——なんつー顔をしてるんだよ、あの女。

まるで小さな子供が、親に下手くそな絵を褒められでもしたような——そんな、どうしようもなく抑えられない喜びが、必死に押し隠すような複雑な笑みからにじみ出ている。

とてもじゃないが、冷酷無比な泥闇の魔女様が見せる表情とは思えない。

「……にやにやしてんじゃねえよ」

と俺が横から突っ込むと、ゼロははっとしたように目を見開き、表情を隠すように鼻の上まで湯船に沈み込んだ。

魔法を誰よりも大切に思っているのはゼロだ。

その技術は世界を滅ぼすと十三番に言われても、ゼロは【ゼロの書】を焼く事ができなかった。魔法という技術に夢を見て、外の世界に憧れた。

ゼロはずっと、誰かに「魔法が好きだ」と言って欲しかったんだ。例えば俺が誰かに料理を振るまって、ただ「美味い」と笑って欲しいと思うのと同じように。

話が丁度途切れたところで、王女はゆっくりと立ち上がった。

慌てて、俺は再び壁に向き直る。

「魔法をもたらした魔術師に会いたいと言うのなら、わたくしから繋ぎをとってみましょう。魔術師様は今も、かつて二つの国家の中間に位置していた森に住んでおられます。返事をいただくまでに少し、時間がかかりますが……」

俺は軽く耳を立て、王女を見ずに問い返した。

「俺達はその魔術師を殺すつもりなんだぞ？」

「であるからこそ。会うか否かを決めるのは、私ではなく本人であるべきです――あの方も、【ゼロの書】を書いた魔術師と会いたがっていましたから。――ラウル、布と着替えを」

王女に呼ばれて、ラウルは布を手に王女に駆け寄った。

「返事があるまで、この町を見て回るといいでしょう。おりよく、今夜は聖なる祭りの前夜祭……時間を潰すのに困りはしないはずです」

「祭り？」

とゼロが問い返すと同時に、俺は合点して声を上げる。

「ああ、お姫さんの戴冠式か」

王が死に、跡取りは王女一人きりとすれば、近々王女が女王になるための儀式が行われるはずだ。それに合わせての祭りだろう。

「いかにも。それに合わせて、三百年前に教会によって廃止された古い祭りを復活させる予定です」

「古い祭り？」

「聖竜祭――竜に生贄を捧げ、平和を祈る祭りです」

生贄と聞いて、俺は軽く体を引いた。

「時代錯誤も甚だしいぞ……死刑囚でも生贄にするってのか？　つか、それで竜の怒りが収まると思ってんのかよ」

王女は穏やかに微笑する。

「お前のその、正直な反応は好きですよ。……何にせよ、これをもってわたくしは女王として戴冠します。未だ打ち解けぬ二つの国家が一つに結束するには、これが最善の方法なのです」

ほどなくしてゆったりとしたドレス姿の王女が浴室のドアの前に立つ。肩ごしにゼロを振り返って、王女は言った。

「この町では、〝あなたが想定した通り〟に魔法を使う者が多くいます。それを奪うのが最善か、否か……判断するのは、それからでもよいのでは？　そして、願わくばわたくし達に協力していただければと思います。何せ──」

王女が浴室から完全に姿を消す、その間際。

「どうせ、〈禁足地〉の竜を倒さぬ限り、あなた方とて島からは出られないのですからね」

5

黒竜島には船がない。そして黒竜島には船が来ない。

ならば、黒竜島から出る手段はない。なるほど、簡単な話だ。

もし黒竜島に船を呼びたいのなら、まず竜を倒して船の安全を確保する必要がある。

それも至極ごもっとも。

――とはいえだ。

「あの化物を殺さないと、俺達はこの島で一生を終える事になるってわけか……？　冗談じゃねえぞ！」

俺が恐怖と驚愕の声を上げると、未だに湯船でのびのびと体を伸ばしているゼロが、

「何を今更驚いているのだ」

とまったく緊張感のない声で言う。

「そんな事、島に流れ着いた時点で分かりきっていただろう。ならばジタバタしても仕方がない」

「じゃあ何か？　どっしり腰を落ち着けて、この島に永住しろってのか⁉」

「それも悪くないかもしれないな。我輩、この地下の町が気に入っている。君と一緒なら、ここでの日々も一層楽しいだろう」

俺は答えず、ゼロを睨みつけた。

俺にはテオの復讐をするって目的がある。その目的を果たすまで、ゼロが「もう旅を終わりにしたい」と言ったって、俺は絶対に許さない。

「そう、睨むな。いつものつまらぬ冗談だ」

「笑えねぇな」

「笑えぬから、つまらぬ冗談なのだ。――なに、そう悲観する事はない。ただ竜を倒せばいいだけだ」

「お前そんな簡単にだなぁ……」

空を飛べば厄災の前触れと言われる、力と恐怖と死の象徴――教会が竜信仰を根絶せず、自分達の教義に取り込んだのは、竜が強すぎて倒せなかったからだって説もあるくらいだ。

「難しく言おうと、簡単に言おうと、我輩達がすべき事は変わらない」

「そりゃそうかも知れねぇが……」

つまり、何をするにもまずは竜退治が最初って事か？

俺は肩と耳と尻尾の全てをだらりと脱力させて、諦めを込めて頭を振った。

さて、とゼロが湯船から上がる音がする。俺は慌ててゼロから目を逸らした。

「傭兵、布と服を」

「傲慢女の真似してんじゃねぇ！　自分で拭いて自分で着ろ！」

俺が鋭く怒鳴り返すと、ゼロは不満そうに「王女ばかりずるい」とか「我輩ももっと優しくされてしかるべきだ」とか文句を連ねる。

最終的には「十三番はやってくれたぞ」などとおぞましい事を口にし始めたので、俺は手近にあった布を思い切りゼロに投げつけた。

わぶ、と顔面に直撃したらしいゼロがひとしきりもがく声が聞こえ、すぐにごそごそと体を拭いたり、服を着込む音がする。

「……全部着たか？」

「さてな。振り向けば聞くまでもなく分かるぞ？」

「あんまりふざけてっと、このまま一人で出ていくぞ……！」

「そう短気を起こすものではないぞ、傭兵」

ぽんと背中を叩かれて、俺は軽く飛び上がった。振り返ると、しっかりとローブを着込んだゼロが立っている。

……なんだ、普通にちゃんと着てるな。

「脱いで欲しいのか？」

「そんな事言ってねえし、思ってもねぇよ！」

「隠すな隠すな。君の中身は健全な大人の男――我輩、ちゃんと学習しているぞ」

自分で再三繰り返している言葉だが、こう言われるとなんだか否定したくなる。

俺はむっつりと黙り込み、乱暴に浴室の戸を押し開けた。

その瞬間、視界に飛び込んでくる、見慣れない男の顰め面。

「……はん？」

「近いぞ、下がれ――獣臭い。それから、戸はもう少し静かに開けるものだ。外に人がいた時ぶつけるだろう」

出会い頭に失礼極まりない台詞と、至極まっとうな説教を同時にぶつけられ、思わず言葉通りに下がってしまう。

すると、顰め面の男は眉間に深く皺を刻んだまま、ごほんとわざとらしく咳払いした。

「では、改めて通告する。姫よりお前達の案内を申し付けられた、魔法兵団長のゴーダだ。これより、お前達は俺の監視下に入る事となる」

王女の護衛をしていた男——そして、ゼロに魔法で吹っ飛ばされた男。

「——下手な事をしようと思うなよ？　俺は死を恐れない。民を守るためならば、刺し違えてでも貴様らをブチ殺す」

全身を重々しい鎧で固めたゴーダが、腰の剣に手を添えた状態でそこにいた。

【幕間　届かない手紙】

大陸の中心に、交通の要として栄えたウェニアス王国という国がある。

近年魔女と国との内乱が起こり、その結果魔女との共存を決めた国だ。——すなわち、教会から離反した国である。

各国の旅人が頻繁に行き来するその国が、この世界を統率していると言っても過言ではない教会から離反したのだ。

ただしウェニアス国内において、神父の虐殺は行われていない。ただ魔女狩りを禁じ、魔女の存在を公的に認めただけだ。

受容と、寛容、それによる平和。——それがウェニアス王国の強みだった。

魔女を容認したという点以外で、ウェニアス王国に責めるべき点はどこにもない。

そしてウェニアス王国の魔女は穏やかで、便利な力を国民に広め、国は新たな発見の繰り返しによって目覚ましい進歩の予感に輝いている。

教会はウェニアス王国を激しく批難したが、具体的な攻撃には及び腰だった。

大勢の魔女が、国家の後ろ盾を得てそこにいる。——その、未知の恐怖。

どれだけの力があるのか、たった一人で恐るべき力を持つ魔女達が結集し、結託し、一つの国となった時、どれだけの驚異となるのか。

今のところ、ウェニアス王国は大人しい。

だが眠れる獅子の機嫌を損ねる事を、あらゆる国が恐れた。もしくは、どこかの国がウェニアス王国に攻め入り、交通の要であるウェニアス王国が戦争状態になる事を恐れた。

ある国は言う。

魔女との共存を掲げた国は他に類をみない。様子を見るべきだ。

ある国は言う。

吐き気をもよおす邪悪の巣窟。今すぐに総力を挙げて、あの国を滅ぼすべきだ。

ある国は言う。

ウェニアス王国こそが理想の姿。同盟を組んで魔法の教示を願いたい。

「ほーんと、みんな勝手だよねぇ」

投げやりな言葉を吐いて、アルバスは大量の手紙が積み重なった書き物机にばったりと突っ伏した。

ウェニアス王国における主席魔法使い——詠月の魔女である。

陽の光に透けて輝く金色の髪は短く、装いや口調も少年のようだが、よく見れば少女だと分かる。

アルバスはだらりと伸ばした手の先に触れた羊皮紙をずるずると引きずりよせ、その文面を見て溜息を落とした。

「……今日も返信なし、と」

アルバスが持っているのは【魔女の手紙】だ。遠くにいる人間と時間差なく、文章でのやりとりを可能にする貴重な道具である。

アルバスの持つ【魔女の手紙】の片割れを持っているのは、魔法の調査に向かったゼロとその傭兵だ。

その二人から、もう何日も返信がない。

「早く読めよな……馬鹿。馬鹿馬鹿。ばーか！」

「まあまあお嬢さん。忙しくて返信できないって事もあるだろうし、気長に待てばいいじゃねえか」

アルバスの背中になだめるような声をかけたのは、白い狼の獣堕ちだった。

名をホルデムといい、過去にはアルバスの祖母である〝偉大なるソーレナ〟の下僕だったが、ソーレナ亡き今はアルバスに仕えている。

「僕は今返信が欲しいの！　なんだよ、二人だけで旅に出ちゃってさ。僕なんか机の前でずーーっと仕事！　そのほとんどは近隣諸国からのゴマすりとか、教会信者からの脅迫とか、そんなんばっかり！　もうやだ僕も旅に出たい！」

また始まった、とホルデムは天井を見上げる。それは亡きソーレナに、この気まぐれで、短気で、まだあまりに幼い主を叱ってやってくれと乞うているようにも見えた。

「またそんな事言って……お嬢さんが旅に出ちまったら、この国はどうするんだよ？　お嬢さんはよくやってるって！　新しい魔法使いはどんどん育ってるし、そいつらが事件を起こした事もない」

この国にはあなたが必要なのだと言外に説得するも、アルバスは頬を膨らませるばかりだ。

「そんなのお前に言われなくても分かってるよ！　だからこうして机にかじりついて仕事してるんじゃん！」

「そ、そうだよな。悪い……」

ぺたりと耳を伏せてしょぼくれたホルデムを鋭く睨み、アルバスは再び机に突っ伏す。自分が【魔女の手紙】に書いた文面の最後の二行を見つめて、アルバスは顔を顰めた。

一回こっちに戻ってこない？

はやく二人に会いたいよ。

【魔女の手紙】の文面は、細く息を吹きかけると文字が消える仕組みになっている。こちらの手紙から文字を消せば、あちらの手紙からも文字は消えてしまう。

「……どうせ、帰ってきてなんかくれないんだ。手紙すら返してくれないんだから、僕の事なんて忘れてるんだ……二人で楽しく旅してさ」

アルバスは腹立ち紛れに、最後の行を吹き消した。

弱みなど、見せるものか。帰ってきてなどと二度と書くまい。

——二人なんかいなくたって。

「ちゃんと僕一人で、なんだってできるんだ……！」

三章　前夜祭

1

「まずはこれを」

と、ゴーダが差し出してきたゴブレットには、濁った橙色の飲み物が注がれている。俺が受け取るのを躊躇した一瞬の隙をついて、ゼロが横からぱっとゴブレットをひっさらっていった。

「あ、こら！」

と言う間もなく、ゼロは毒かもしれねぇ正体不明の飲み物をごくごくと飲んでしまう。最後まで一気に飲み干して、ゼロは「ぷはぁ」と満足げな息を吐いた。

「ふーむ、馴染み深い甘みと、爽やかな香り。濃厚でありながら清々しい喉越しを感じられるこれは……そう、極めて美味い牛の乳だ」

正解だろう？　とゼロは挑むようにゴーダを見る。

ゴーダとしても、なんの警戒もなく飲み干されるとは思っていなかったらしく、多少たじろぎながらも頷いた。

「いかにも……果実の風味を付けた牛の乳だ。よく冷やしたこれを風呂上がりに飲むのが、我が国では習慣になっている」

「う、牛の乳に果汁を混ぜてるのか？」

そんな飲み方聞いた事ねえぞ、と聞き返すと、ゴーダはもう一つゴブレットを手に取って、ぐいと俺に押し付ける。

恐る恐る鼻を近付けると、確かに乳と果物が混ざり合った甘い匂いがした。意を決して口に含むと、乳とは思えない軽さでするすると喉を滑り落ちていく。

果実の甘さと、牛の乳特有の癖のない風味がちょうど良く混ざり合い、ついつい最後まで一気に飲み干してしまう。

ゴーダは眉間に皺を寄せたまま数度頷き、儀式は済んだとばかりに「ついてこい」と踵を返した。

俺とゼロは一瞬だけ視線を交わし、ゴーダについて歩き出す。

「お姫さんに案内を頼まれたって言うけどよ、魔法兵団長ってなら、お前さんお偉いさんなんだろ？　もっと下っ端の部下にやらせりゃいいだろう」

「他の者にはそれぞれ仕事がある」

「お前にはねぇのかよ」

「俺の仕事は姫の命令を聞く事だ」

ぷいと、ゴーダは不機嫌そうに俺から視線を逸らす。随分嫌われたもんだな。

牢獄で会った時も思ったが、こいつはもうちょっと心にゆとり的なものを持った方がいいんじゃねえのか？　まだ若いのに、眉間に皺を寄せすぎて元に戻らなくなってるぞ。

「まあ、お偉いさんに案内していただけるってんなら、こちらとしては光栄至極だけどよ。光栄ついでに、そろそろ俺の荷物を返しちゃいただけませんかね？」

「今、かき集めている」

「……何？」

聞き返すと、ゴーダは心底面倒くさそうに、大げさに溜息を吐いた。

「牢番にやってしまったんだ、お前の荷物は。ノーディスの慣習として、囚人の荷物は牢番が自由にしていい事になっている。そして牢番は、その中身をあらかた売り払うなり、何かと交換するなりしてしまった。それを今、かき集めている最中だ」

「は……はぁあぁ!?　人様の荷物に何してくれてんだてめぇ！　そもそも俺は囚人じゃなかっただろうが！」

「牢番にとっては、牢に入った者はみな囚人なんだ！　区別などない！」

「そりゃそうなんだろうけどよ……！」

あまりにも理不尽だ。大体、なんでいわれなく荷物を取り上げられて、なおかつ売り払われた俺が怒鳴り返されなきゃいけねぇんだよ。納得いかねぇ。

などという考えが表情——と言っても獣の顔じゃ、ゴーダに表情など読み取れるわけもないんだが——に出たのか、ゴーダが少しだけ気まずそうに語調を和らげる。

「これだけ」

言って、ゴーダは俺に一本のナイフを差し出した。見覚えのある大ぶりのナイフに、俺は思わず大声を上げる。

「テオのナイフじゃねえか！」

差し出されたナイフを摑み取り、鞘から引き抜いて刃こぼれを確認する。——相変わらず、いいナイフだ。刃こぼれもくすみもない。

どっと気が抜けるようだった。ナイフが戻ってきただけで、王女やゴーダに対する反感が八割消え去ったと言っても過言じゃない。

「お前の装備はどれもこれも、普通の人間には大きすぎるが……これだけ普通の大きさだったから、牢番が売らずに自分の物にしていたんだ。最優先でこれを見つけようと牢番に話を聞いたら、簡単に見つかった」

そうでなければ鍛冶屋で融かされていた可能性もあると聞かされて、背筋がゾッと寒くなる。

「……よかったな、見つかって」

「あん？」

「——親友の形見なんだろう？」

姫から聞いた、と短く言い添えて、ゴーダは再びどこに続いているかも分からない道を歩き始めた。

面白いな、と小さく囁いたのはゼロだ。

俺も同意見だったので、そうだな、と同じく小さく呟く。

本来なら、獣堕ちの俺が「荷物を返せ」と騒いだところで取り合う必要は一切無い。それこそ、牢屋で王女が俺にそうしたように、「知らない」で通してしまえば済む事だ。

だがゴーダは、わざわざこのナイフだけを優先して見つけ出してくれたと言う。

「我輩、最初に思ったよりもあの男が嫌いじゃないかもしれない」

「お前がそうでも、向こうはどうか分かんねぇぞ。第一印象は間違いなく最悪だ」

何せゴーダは、魔法兵団長という立場にもかかわらず、公衆の面前でゼロに魔法で吹っ飛ばされてるんだからな。

しかしゼロはそんな複雑な人間模様など気にもせず、少し足を早めてゴーダの隣に並んだ。

「案内してくれるのではなかったのか？　兵団長。君はさっきから、無言で歩いているばかりだ」

案の定、ゴーダはぎくりと肩を跳ねさせ、明確な意図をもってゼロから距離をとる。まるで嫌いな動物に近付かれでもしたようだ。

「い……今はただの移動中だ……！　話すべき事もないし、近くに寄るな」

「では、質問に答えてくれ。我輩はこの国に興味がある」

「興味……？」

「魔法による戦争があったのだろう？」

瞬間、ゴーダの表情が硬く強ばった。

もともと救いようのない顰め面だが、それに比べても明らかに表情が硬い。

「ノーディスが勝ち、もう一方の国が負けたと聞いた。二つの国にはそれぞれ、異なる魔法が伝えられていたとも。――では、どちらが、どちらだ？　ノーディスに伝えられた魔法は、どの章の魔法だった」

ゴーダは唇を引き結ぶ。

一言、

「狩猟だ」

と答えた。

では、とゼロは矢継ぎ早に質問を投げかける。

「狩猟の章と収穫の章で戦って、狩猟の章が勝ったのか」

「いや、章は関係ない。純粋に、国の持つ力の問題だ。どちらが魔法に秀でていたかというな。――見ろ」

ゴーダは足を止めて、部屋の仕切りに使われている絵織物を視線で示した。

細長い一枚布には、竜と、それを守る集団。そして、その集団に追われる戦士達の絵が織り込まれている。

「黒竜島では、教会支配の以前の時代から竜が信仰されてきた。火山に住む竜は噴火を抑制すると考えられ、聖なる竜に生贄を捧げる事で平和を祈っていた」

さっき王女もそんなような事を言っていた。三百年前に教会の支配が島に及び、生贄の儀式が廃止されたと。——教会もたまにはいい事をする例だな。

「教会も竜を神聖なものとして扱うが、以前の竜信仰ほどではない。そんな時代に飢饉が起きた。作物が育たず食料が枯渇し、民が飢えるなかで、〈禁足地〉で食料を探そうと考える者達が現れた。だが当然、王家はそんな事は許されないと反発する」

「それが原因で、内乱が起こったのだな？」

絵織物を見れば、〈禁足地〉に踏み込もうとした連中が内乱に負け、国を追われた事が見て取れる。

溶岩の煮えたぎる火山の上に竜が描かれていて、その聖なる山の麓に国がある。その国を追われた連中が、海岸で新たな国を作っている。

「過去には竜の殺害を企て、国を追われた者達が作った国が、ここ——ノーディスか」

ゼロが導き出した結論に、ゴーダは頷いた。

「血の気の多い戦士の末裔なんだ、ノーディスの人間は。ノーディスでは姫が飛び抜けた才能を持っていたが、その部下達は根っからの戦士であり、剣で戦う事を好む騎士だった。それに対して、滅びたアルタリアの魔法兵団は、もとからの学者気質もあってか魔法の才能という面で遥かにノーディスを凌いでいた」

「じゃ、なんでノーディスが勝ったんだよ」

「……アルタリアの王が〈禁足地〉で竜に殺された話は聞いたか？」

「うむ、聞いた」

「王には子が一人しかいなかった。そしてそのただ一人の後継者は、魔法を一切使う事ができなかった」

うわぁ、と。無意識に絶望の声が出る。

誠に残念なお話ながら——って感じだ。戦争ってのはつまり、王を頂点とした陣取り合戦だ。駒（こま）である兵士をどう動かし、どう戦わせるか——そういう指示を出す王が無能だと、兵がどれほど優秀でも戦争には勝てない。

駒である兵士が王を無視して最善策を取り続けるか、王の愚策に振り回されても問題ないくらい無敵の兵団でもない限りまず無理だ。

魔法を戦力の要として戦争しているのに、その長が魔法を一切使えないとなったら、勝敗はほぼ見えている。

「ま、それで即座に無条件降伏に転じられるんだから、魔法が使えなかったとしても王としては無能じゃねぇのかもな……」

「その後継者は、今どうしているのだ？」

「……俺が」

言いかけて、やめる。深く息を吐いて、ゴーダは吐き捨てた。

「俺が殺した。——生きる価値のない男だ。奴が無能でさえなければ王は死なず、戦争に負ける事もなかっただろう」

「教会は？」

出し抜けに、ゼロが今までの話題とまったく違う質問を口にした。

ゴーダも話題の変化についていけず、「なに？」と怪訝そうに聞き返す。

「この島にも教会は存在するだろう。そこの神父は……いや、神父はこの際どうでもいい。この島に、敬虔な教会信者はいなかったのか？　魔法に抵抗する者は？」

「無論、いたさ」

溜息。

「……俺がそうだ」

そして苦笑。

つられて、俺の表情も硬く引きつった。

「敬虔な教会信者だったのに、なんで魔法兵団長なんかやってるんだよ」

「姫のご命令だ。俺に拒否権はない」

「さいですか……好きでもねぇのに才能があるってのも大変だな」

同情を込めて俺がぼやくと、ゼロは不思議そうに俺を見る。

「魔法の才を決めるのは、思いの強さだ。〝好きでもないのに〟魔法が使えるという事は、まず考えてありえないぞ、傭兵」

「じゃ、こちらの魔法兵団長は熱心な教会信者でありながら、魔法が大好きなわけか」

「そうは言っていない。ただ――」

「ゴーダ様！」

呼ぶ声に答えて、ゴーダは足を止めた。

風呂から随分歩いてきたが、気が付けばかなり人通りが増えていて、辺りはやけに賑やかだ。床に机を置いて商品を並べている露店や、音楽に合わせて人形を繰る芸人、果物に蜜をかけ、棒に刺して売っているような店もある。

本格的な祭りだな、と感心したところで、

「ゴーダ様も、祭り見物にいらしたんですか？」

声をかけてきた男――制服からして、魔法兵団の人間だ――が声を弾ませた。

それに対してゴーダは「いや」と一言返し、背後にいる俺達を一瞥する。

瞬時に理解したのか、男は不愉快そうにゆるゆると首を左右に振った。

「また、姫様の命令ですか……くそ、ゴーダ様をなんだと思ってるんだ、あの――」

「口を慎め。お前が姫を侮辱したら、俺はお前を罰しなければならない」

けど、と言い募る男は、若造のゴーダよりもっと若い。ガキと言われる年齢から、ようやく抜け出した感じだ。

「姫は俺に休養が必要だと考えておられる。無理やり用事を言いつけて、祭り見物をさせようというお考えだろう」

「そういうのが、押し付けがましいって言うんですよ。何かにつけて〝これが最善です〟って、全部分かってるような顔をして……何が最善かは本人が決めるもんだってのに」

そういえば王女は、何かにつけて「最善」って言葉を口にしていたが……あれは王女の口癖らしい。あの傲慢な表情まで見事に模倣した口真似が妙におかしくて、俺は軽く吹き出した。

すると、その口真似をした張本人である若い魔法兵に、興味深げな目を向けられる。

「そいつ、言葉が分かるんですが？」

「あたりめぇだろうが。獣堕ちをなんだと思ってんだ」

ゴーダが何か言う前に、俺が自分で答えておく。すると魔法兵は目を丸くして、「すげぇ、ラウルと同じだ」とはしゃいだような声を上げた。

「いい加減にしろ、ギイ。要件はなんだ？」

ギイ……ってのは愛称だな。なるほどこの顰め面の兵団長にわざわざ声をかけてくるだけあって、それなりに打ち解けた仲らしい。

「特に用があったわけじゃないんですが、ゴーダ様のお姿を祭りの会場でお見かけするとは思わなかったので……せっかくだから、声をかけてこいってみんなが」

若い魔法兵は、少し離れたところで集まっている制服の集団に視線を投げる。集団は俺達に注目しているらしく、魔法兵の視線を受けて気さくに手を振ってきた。

「ご迷惑でなければ、みんなで一緒に会場を回りませんか？　……って、ああ、仕事中だからダメなのか」

「我輩は一緒で構わないぞ。人が多いのは嫌いではない」

「ダメだ！　仕事と私用を混同するのはまかり成らん」

前に出ようとするゼロを押し下げて、ゴーダは不機嫌そうに顔を顰めた。

「けど、ゴーダ様の休養が仕事の主目的なんですよね？　だったら、みんなで回った方が楽しめると思うんですけど……」

「……楽しむ？　俺が祭りを楽しむと？」

魔法兵は自分の失言にはっとしたように、「申し訳ありません」と頭を下げる。

「……ゴーダ様が祭りを楽しんでも、誰も責めないと思います。俺の父も」

「ギィ、それは——」

溜息を吐いたゴーダに最後まで言わせず、魔法兵は下げた頭を勢いよく上げた。その表情には、もうイキイキとした明るさが戻っている。

「じゃあ俺、みんなのところに戻りますね。あーあ、よくもお誘いに失敗したなって、みんなに怒られる。じゃあ、また後でお会いしましょう」

行儀よく頭を下げて、魔法兵は外套を翻して駆けていく。

「へーえぇ？　随分部下に好かれてるじゃねぇか」

「哀れまれているんだ、あれは」

「あの少年は、王女を快く思っていないのだな。元は敗戦国の人間か？」

ゴーダは返答を一瞬渋ったが、隠す意味もないと考えたのか、軽く首肯する。

とすると、そいつと親しいゴーダも敗戦国出身という事になる。

若造が自国の後継者を殺して、教会信者なのに魔法兵団長になんぞなって、まともに祭りを楽しめるわけがない。

「前任の魔法兵団長の息子だ。あいつの父は、王と共に竜退治に向かい、王と共に命を落とした。才能で選ぶならあいつが次の魔法兵団長になるはずだったが、姫が無理やり俺を指名したんだ」

「なぜ？　君がそれほど魔法兵団長にふさわしいとは、我輩には思えないのだが……」

簡単な事だ、と答えるゴーダの表情は、陰鬱な諦めの色に塗り潰されている。

「敗戦国への見せしめだ。半数以上が敗戦国の魔法兵で構成されている魔法兵団に、最もふさわしくない者を兵団長に選ぶ――というな」

2

どうも暗い話になりそうだったので、深くは追求しないで純粋に祭りを楽しむ事にした。

世の中には不幸と理不尽が渦巻いてる。いちいちそんなもんに目を向けてたら、哀れみがいくらあっても足りやしねぇ。

ゴーダの国が、ノーディスに戦争で負けた。

で、自国のダメ王子をゴーダが殺した。

そしてノーディスの魔法兵団長の座に、敬虔な教会信徒であるゴーダが選ばれた。

なんという事もない、ありふれた悲惨さだ。ゴーダの心情を考えず、事実だけを見れば優遇されてるとさえ言える。

ゴーダが元は何をしていた人間かは知らねぇが、魔法兵団長なら十分な地位だろう。

ゼロの切り替えの早さはさすがと言うしかなく、ゴーダが一緒にいればなんでも好きなものを簡単に手に入れられると知って、さっそくあらゆる珍しい食べ物に手を出している。

今ゼロが手にしているのは、さっき見かけた果物の蜂蜜がけだ。

棒に小ぶりのリンゴが丸ごとひとつ刺してあり、それに蜂蜜が絡めてある。

手に持っても垂れてこないところを見ると、地下水でよく冷やし固めてあるんだろう。

ゼロはそれを口のまわりを汚しもせずに、実に器用に、そして美味そうに食べている。

「リンゴの方は酸味が強めなのだ。その酸味が、蜂蜜の濃厚な甘さと合わさってとてもいい」

「ほーん。雑な食い物だと思ったが、そうでもないのか」

「素朴であるからこそ、飾らない美味さがあるのだ。――先に言っておくが、傭兵よ。我輩はもう二度と、君に〝一口やる〟とは言わないぞ」

過去に二度ほど、「一口やる」と言われた物に対して「一口で全部食う」という裏切り行為を働いた俺に対して、ゼロが警戒心も顕に言い放った。

別に欲しくもなかったが、そう言われると食いたくなってくる。

俺がじっとリンゴの蜂蜜がけを凝視すると、俺の意図を察したゼロが大口を開けてリンゴを口に押し込んだ。

「お、おい無茶すんなよ！　泥闇の魔女様がリンゴを喉に詰めて死ぬとか嫌すぎるぞ！」

などという俺の心配をよそに、ゼロはすました顔でもぐもぐとリンゴを味わっている。いやまあ、大丈夫ならいいんだけどよ……。

口いっぱいにリンゴを頬張っている絶世の美女という絵面に何とも言えない気持ちになっていると、何を勘違いしたのかゴーダが棒つきリンゴを俺に差し出してきた。

俺が無言でそれを眺めていると、

「欲しいんだろう。早く受け取れ」

と不機嫌そうに命令する。

「俺はガキじゃねえんだぞ……？」

「お前のような子供がいてたまるか！　大の大人が甘い菓子を欲しがって落ち込む姿の方が、逆に見ていて居心地が悪い」

「落ち込んでねぇよ！　俺はただ魔女が――」

「近くで吠えるな、うるさい。そして獣臭い」

ずいとリンゴを差し出され、仕方がないので受け取っておく。俺の口からすれば小さいもんなので、一口で丸ごと放り込む。

「うわ、甘ぇ」

「蜂蜜だからな。宝石に見立てた菓子で、ノーディスの伝統的な食べ物だ」

「兵団長、これは？　この黒い卵はなんだ」

ゼロがどこからか、不気味な黒い卵を持ってくる。

「それは人間が食っていい物なのか……？　中から悪魔でも産まれそうだぞ」

「傭兵よ。悪魔は卵性ではないぞ……？」

「印象の話をしてるんだ、印象の話を！　だからその、頭の悪いガキを見るような慈愛に満ちた目をやめろ！」

「それは温泉で茹でた卵だ。するとなぜか黒くなる」

「温泉の温度じゃ中身が固まらねぇだろ」

「いや、時間をかけると固まるんだ。……半端にだがな」

言いながら、ゴーダはゼロから卵を受け取り、その上だけを器用に割る。するとまだ柔らかい白身が少し溢れ出し、ぽたぽたと地面に垂れた。

「白身は柔らかく、黄身は固くなっている」

「ははぁ……なるほど、黄身の方が変質の温度が低いのだな？　だから低温で茹でると、白身が固まらずに黄身だけが固くなる」

こいつはときどき未知の世界の言語を喋るな……。変質の温度がなんだって？　さっぱり分からん、と俺がそんな表情をしていると、ゼロが説明を始めそうになったので慌てて話題を変える。

「どうやって食うんだ？　このまま飲み込むのか？」

「まあ、みな好きに食べている。塩を振る者もいるが……」

「我輩、このままでいい」

言うなり、ゼロは卵に口をつけ、開けた穴からつるりと卵を流し込んだ。

「ん、んん……？　んんん……！」

もぐもぐと卵を噛み締めながら、ゼロが感動に打ち震える。

どうやらお気に召したらしく、まだ口に卵を詰めた状態でたっと露店の方へと駆けていき、籠(かご)いっぱいに卵をせしめてくる。

「そんなに食ったら気持ち悪くなるぞ……？」

「少しずつ食べるのだ。明日も食べるのだ」

「いや、それなら明日また用意させるが……」

ゴーダの言葉にゼロは表情を輝(かがや)かせ、「では今日全部食べる」と本末転倒な事を言う。

仕方なく、俺は籠に山と積まれた卵をひとつつまみ上げ、大きく開けた口の上に半熟の卵を割り落とした。

完全な生でもなく、かといって固くもない白身。それに対して、ほどよく固まりかけ、とろみのついている黄身。それが口の中で混ざり合い、濃厚(のうこう)な卵の甘みを残して喉を滑り落ちていく。

「……あ、俺も明日食うわこれ。っていうか今日食うわ」

さっと二個目に手を伸ばす。ゼロも「そうだろう。そうだろう」と言いながら二個目の卵の殻を割っている。

ゴーダはそんな俺達(たち)を見つめ「楽しんでいるようで何よりだ」と、まったく楽しくなさそうに呟(つぶや)いた。

それからしばらく、屋台や出し物を見ながら地下街を歩き回った。その規模は想像していたより遥(はる)かに大きく、城の地下を中心広場として縦横無尽に通路が延びている。

「この地下坑道――っていうか地下居住区っていうか、一体どこまで続いてるんだ？」

「ほぼ、地上の街と同じくらいだ。ただ一本だけ、アルタリアとの国境まで続いている道がある。地下から相手国に侵入しようとして地下道を掘り進めたはいいが、巨大な地底湖に行きあたって断念したらしい」

「地底湖？　水底ぶち抜いちまわなくてよかったなぁ。一歩間違えばこの地下壕が水没してたって事じゃねえか」

　地下坑道を掘るってのは、基本的に〝危ない〟仕事だ。地下水脈や地底湖に行きあたれば、細い坑道に一気に水が流れ込んでくるわけだし、場合によっちゃ〝毒の空気〟で死ぬ事もあるって聞いた事がある。

「最初に鍾乳洞にぶつかったんだ。そこを進んでいくと、地底湖があったという事らしい。俺も一度足を運んだが、神の意思を感じる壮大さだった。鍾乳洞の天井は教会の聖堂より遥かに高く、地底湖の広大さは城の大広間に匹敵する」

　神の意思を感じる壮大さ――とは、随分教会信者らしい表現をする。無意識に言ってるところを見ると、根っこに叩き込まれてるんだろう。

「見られないのか？　我輩も興味がある」

「行けない事はないが……何もない坑道と、足場の悪い鍾乳洞を半日歩く事になるぞ。往復すれば夜になる」

祭りが終わるぞとゴーダに言われ、ゼロは地底湖への興味を即座に失ったようだった。再びあちこちの店に顔を出し、芸人の見せる劇や技に手を叩いて喜んだ。

驚いたのは、魔法を当たり前のように使ってる人間の多さだ。

芸人が光の塊をいくつも浮き上がらせて演技の演出に使っているのを見て、ゼロは「あれは収穫の章の初歩だ」と、信じられないものを見たような声で呟いた。

魔法を使って数羽の鶏を一気に絞めてる料理人も見かけたし、子供が魔法で松明に火をつけてるのを見た時はぎょっとした。

この国に【ゼロの書】が持ち込まれて七年――つまり、魔法がない時代を知らない子供もいるわけだ。

ゼロはそんな町の様子にいちいち足を止め、まじまじと観察しては、見た事のないような穏やかな笑みを唇に浮かべて何度となく頷いた。

しかしゴーダは険しい表情で、

「子供には魔法の使用を禁じているというのに、親は何をしているんだ……！」

と恐ろしげな表情で周囲を睨め回す。

「使用を禁じてるなら、教えてないんだろ？　なんで使えるガキがいるんだよ」

「大人が使っているのを見て、勝手に覚えるんだ。言葉と身振りを見よう見まねするだけで、才能のある子供は魔法を発動させてしまう」

そうか。ウェニアス王国ではアルバスが〈許可〉しない限り誰も魔法が使えない制度になってるが、外の国ではそういうわけにもいかない。

「末恐ろしさしか感じねぇな……魔法が使えるガキの方が、そこらの大人より強いって事じゃねぇか」

「そういう事だ。魔法が使える子供同士の喧嘩など、悲惨極まる」

「誰か死んだのか？」

「いや、幸いにして、魔法を習得した初期の段階では人を殺せるほどの威力は出せないようだ。〈鳥追〉が直撃しても小さな火傷程度だが、それでも危険はある」

そう言えば、と俺はゼロを見る。

「魔法の扱いが下手くそな奴が、高い威力を出せないように、【ゼロの書】には細工がしてあるとか言ってたな」

ゼロは頷き、「誤記だな」と答える。

「才能があれば発動はするが、訓練を積まなければ威力は出せない。そういう調整がしてある。そもそも民衆に広めるための魔法だったのだから、子供に広まるのも想定済みだ」

「民衆に広めるための魔法、か……確かに、魔法は民衆から広まったな」

二つの国の中間に居を構えた魔術師は、各国の権力者ではなく、最下層の人間に魔法を伝えたとゴーダは言った。

雨が降らないと困る農民の前で雨を降らせてみせ、矢が尽きた猟師の前で光の矢を放ってみせた。

そして「お前達にも使える技だ」と、丁寧に魔法を教えた。

下層の民は教会の教えに詳しくない。信者であっても、それは「今日の食事」を上回るほど重要な事柄じゃない。

作物の収穫や、獲物の数が急激に増え、国は初めて「何かがおかしい」と気が付いた。だが気が付いたからといって、国民に広まり――そして国に有益な技術をどうして否定できる？

何より国民の多くはすでに、武器となり得る未知の力を得てしまったというのに。

「国民にいくらか遅れて、王族が魔法を習得し始めた。だが、広まってしまった技術を後から上が管理しようとしても、そう簡単にはいかない。魔法兵団を作り、近隣の農村に魔法の管理者を配置し、魔法を使える人間の名簿を作り――戦争を経てようやくここまで整った。だが、魔法を使えない国民の不満や、いつかは起こるだろう教会との戦い――数え上げれば問題は切りがない。その上、今は竜が国を滅ぼそうとしている」

頭の痛い話だ、とゴーダは本当に頭を抱えた。

「ふむ……問題だらけだな、この国は」

言って、ゼロは小さく溜息を吐いた。

だが、「けれど」と繋げるゼロの声は、まるで転んで泣く子供を眺めるように穏やかで優しげだ。

「それでも我輩は、この国が好きだと思う。この国のためならば、我輩は喜んで竜を倒す。――そう言ったら」

ゼロは俺を見た。

「君は、笑うか？　傭兵」

一瞬悩んで、俺は「別に」とだけ答えた。

ゼロが本来望んだ魔法の使い方が、この国には広まっている。それを嬉しく思うのは当然だし、別に笑うこっちゃない。

「笑いはしねぇが……この国には間違いなく〈不完全なる数字〉が嚙んでる。それを忘れちゃいねぇだろうな、魔女さんよ」

「私情に流されて目的を忘れるほど、我輩は未熟な魔女ではない。必要があると判断すれば、我輩はどれほど愛しく感じようとこの国を滅ぼす」

「それを聞いて安心した」

俺が明るく言うと、

「俺はそれを聞いて不安になったぞ……」

ゴーダは眉間の皺を深くする。

歓声が響き渡ったのはその時だ。地下の町に響くその大音量に、俺は思わず耳を伏せる。

「なんだなんだ？　なんの騒ぎだ？」

「我輩達が城から下りてきた広場の方だな……面白い出し物でもしているのか？」

何かあっただろうか、とゴーダがしばし首を捻り、思い当たって顔を上げる。

「ああ……たぶん〝魔法試合〟だろう」

「ま……魔法試合ぃ⁉　魔法で殺し合いでもするってのか！」

「いや、魔法兵団のみが参加できる模擬戦のようなものだ。勝敗で賭けも行われる。魔法を使えない国民が、魔法を身近なものに感じられるようにという姫のお考えでな。太陽が沈み切ったら第一試合を始めると言っていたが――そうか、もう日が暮れたか」

「おいおい、魔法兵団長だろ、お前……どんだけ他人事なんだよ」

「俺には関係のない話だ」

いかにも興味なさげにゴーダは言うが、当然ゼロとしては見逃せない出し物だ。

ゼロはたっと駆け出すと、俺達に振り向いた。

「何をしているのだ、二人共。せっかくの余興が終わってしまう。さあ兵団長、一番いい席に案内してくれ」

3

大人の肩の高さまで積み上げた、石囲いの闘技場。

それが、広場の中央に横たわっていた。

城の大階段を下りてきた時は地味で目に入らなかったが、俺達が温泉やら露店やらを巡っている間に色鮮やかな布や花――果ては大粒の宝石で飾り付けられたらしく、今や眩いばかりだ。

その闘技場の中で、二人の魔法兵が観衆の声援に応えるように、魔法を次々と繰り出していた。双方の陣地は色分けされていて、一方が赤で一方が青だ。

赤が〈鳥追〉を放てば、青が同じく〈鳥追〉を放って相殺する。かと思えば、突風を巻き起こして相手を転ばせる。駆け出した相手を眩しい光で牽制する。

どうやら、お互いの背後にある旗を守りながら戦っているらしいが――。

「兵団長。これはどういう競技なのだ？　術者に当てないようにしているようだが」

「模擬戦だからな。術者に魔法を当てると失格だ。弾けた岩で怪我させたり、魔法の二次被害を出しても失格。観客に怪我をさせても失格になる。とにかく誰も傷つけず、魔法を使って相手陣地に立っている三つの旗を全て壊す」

俺達が立っているのは、ゼロの要望通り一番いい席――つまり、関係者しか入れない特等席だ。石の囲いにほぼ張り付くような位置で、闘技場の隅々までよく見通せる。

双方の陣地に立っている旗は、赤が二つで青が一つ——って事は、青陣地の魔法使いは、旗をあと一本壊されたら負けって事になる。

とか言ってる間に、青陣地の最後の旗が〈鳥追〉に打ち抜かれて吹き飛んだ。その瞬間、闘技場をぐるりと取り囲んでいる観客から割れんばかりの歓声と罵声が吹き上がる。

同時に青色の布が一斉に放り捨てられ、辺り一面が青色に埋め尽くされた。

察するに、賭けに使われてた布だろう。買った色の布を持っていけば換金してもらえるってわけだ。そして負けた色の布はゴミとして捨てられる——と。

「面白そうだ。我輩もやりたい」

「はぁ!? おま、何言い出すんだ突然! ダメに決まってんだろ!」

「何故だ?」

「お前がやったら勝つに決まってるからだよ……! ガキのごっこ遊びに大人が真剣持って参加していいわけねぇだろう!」

「ガキのごっこ遊びとは……聞き捨てなりませんね、シロ」

カロカロと、馬の蹄の音がする。そして聞き覚えのある、傲岸不遜を体現した涼やかな女の声——。

「我が魔法兵団は、日々修練に励む本物の魔法使い。純粋な実力では勝てるはずもありませんが、これは魔法の力ではなく、巧さを競う競技。高い威力でなんでもかんでもぶっ飛ばせばよいというわけではありません」

それは明らかにゼロに対する挑発だった。

昼間、ゼロの魔法にあらゆるものをぶっ飛ばされた事を、実は軽く根に持ってるらしい。そして、ゼロはこれ幸いとばかりに挑発を受けた。

「我輩が力のみで押し通す愚か者だとでも言いたいのか？　王女よ。先の広場で披露した〈崩丘砕〉ですら、ただの一人も怪我人を出さなかった我輩が？」

「いいえ、まさか。ですがここは狭く、人の密集した地下の町……地上とは多少勝手が異なります。ゼロ様といえど、勝利が確定しているとは言えないのでは？」

ゼロと王女は、目に見えるんじゃないかってほど露骨に火花を飛ばし合う。

「そこまで言うなら――王女よ。当然、お相手願えるのだろうな」

「ここまで言うからには――ゼロ様。わたくしが直々にお相手いたします。ゴーダ！」

「はっ。進行係に伝えてまいります」

ゴーダは折り目正しく頭を下げて、駆け足で闘技場の裏手に駆けていく。

どうやら、王女と魔女の魔法対決が確定しちまったらしい。

「大丈夫なのかよ、これ……」

俺が頭を抱えると、隣でラウルが穏やかに微笑む。

「姫様、楽しそう」

　ほどなくして、金と銀の腕章がゼロと王女に届けられた。闘技場の陣地の装飾も、赤と青から金と銀に変えられ、観客達は黄色と白――金と銀に見立ててるんだろう――の布を握り締めている。

　アムニル姫が戦うらしいぞ、だとか。対戦相手は謎の美女だと、だとか。なんでも魔法を生み出したとか、だとか。

　がやがやと騒がしい観客達が注目するなか、ゼロと王女は闘技場の中央に背中合わせで立つ。

　ゼロはくるりと首を巡らせ、俺に向かってひらひらと手を振ってみせた。

「余裕たっぷりじゃねぇか……」

「いいですね、仲が良くて」

「はん？」

「大陸でも、獣堕ちは嫌われていると聞きました。だから僕は嬉しいんです。傭兵さんが孤独じゃなくて」

「お前は俺のお袋か……？」

「え？　似てます？」

「なわけねぇだろ！」

「ですよねぇ」

ラウルは笑って、ふと俺が手にしているナイフに視線を注ぐ。

「そのナイフは、傭兵さんの親友の形見なんですよね」

「ああ」

「どんな人だったか、聞いてもいいですか？　僕は生まれてからずっと姫様以外と深く関わった事がないので……」

「俺のせいで死んだダチの話をしろってのか？」

「気を悪くなさいますか？」

「……いや」

俺はナイフを自分の視線まで持ち上げ、テオの声を頭に浮かべる。

——何よそ見してんだよ、おじさん。試合始まっちゃうよ！

はっとして、俺は闘技場に視線を向けた。

たっぷり十歩の距離（きょり）をとって向かい合うゼロと王女が、高らかに打ち鳴らされた巨大な鐘（かね）の音を合図に、同時に魔法を放つ。

先手を取ったのは王女だ。ゼロが腕を上げる暇も与えず〈鳥追（スタイム）〉を放ち、旗を一本やすやすと打ち抜く。

ゼロは目を瞬（しばたた）いて自分の旗に振り返り、「やるな」と呑気（のんき）に呟（つぶや）いた。

その間にも王女は二発目の〈鳥追〉を放ち、光の矢はゼロの横をすり抜けて二本目の旗へ直進していく。

――そこで、ようやくゼロが動いた。

ぐるりと体の向きを変え、自分の旗に向かって腕を突き出す。その腕を、強い意志を込めて天井へと突き上げた。

「捕獲の章・第三頁――〈岩蔵〉！　承認せよ、我はゼロなり！」

ゼロの旗を中心として地面が盛り上がり、旗が岩の壁で完全に覆われるまで――本当に一瞬だった。

王女の放った〈鳥追〉は、突如現れた岩の壁に当たって弾け、会場がシンと静まり返る。

「……は？」

と、王女は間の抜けた声を上げてあんぐりと口を開けた。

「はぁあぁ⁉　い……今、今の魔法はなんです⁉　そんなの【ゼロの書】になかったではないですか！」

「なんだ、知らなかったのか？　【ゼロの書】はそもそも四章構成。この国に伝わっているのは狩猟と収穫の章だけだが、ほかに捕獲と守護の章が存在するのだ。そしてこれは捕獲の章――どうだ？　君の〈鳥追〉程度では壊せまい」

にたぁ、と。得意満面で笑うゼロは、弱者をいたぶる魔女の顔だ。

「く……なんて羨ましい……！　わたくしも覚えたい……！」

前向きだなぁ、この王女。

ゼロはそんな王女に向かって、人差し指を突きつける。かと思うと、その指を軽やかに弾いた。

パキン、と気持ちのいい音がして、王女の背後で旗がひとつ弾け飛ぶ。観客席にどよめきが広がり、ゼロの表情はますます悪の魔女になっていく。

「そしてこれが魔法の無詠唱発動だ。どうだ？　これでも我輩に勝てると思うか？」

「なるほど……これが――」

王女がすいと腕を上げ、ゼロと同じように指を鳴らす。

瞬間、ゼロの背後で旗を囲んでいた岩壁の一部が弾け飛んだ。ついでに、旗も一本吹き飛んでいる。

ゼロが目を見開き、背後と王女を見比べる。

「無詠唱発動なのですね。まさか詠唱なしで魔法が使えるなんて……教えていただいて感謝します」

すでに知っていたというより、本当に今覚えたという言い方だった。

王女はゼロがやった事を、一度見ただけで覚えたわけだ。

「天才かよ」

「天才なんです。魔法を伝えた魔術師様も驚いてました」

さあ、と王女は勝気に笑った。装飾過多な片眼鏡がキラリと光り、泥闇の魔女を威圧する。

「これで二対一――一気に勝負を決めさせていただきます！」

「調子に乗るな――小娘が！」

気合一閃――王女が風の刃を放った。俺がまだ見た事のない魔法だが、王女が使ってるって事は狩猟か収穫の章の魔法なんだろう。

それをゼロが同じ魔法で打ち消して、立て続けに次なる魔法を繰り出そうとする。

それを、

「させませんッ――！」

あろう事か、王女はゼロに体当たりして妨害した。

驚いたゼロはまともに尻餅をつき、「何をするのだ」とぶつけたらしい尻をさする。

「あれ、アリなのか？」

「〝魔法で怪我をさせたら失格〟なので、体当たりは有効です。術者は魔法を使うのに夢中になりがちで、本体への攻撃に弱いんですよ」

そう言えば、前にゼロからそんな話を聞いた事がある。

魔法の原型である〝魔術〟の話だが、魔術を使う時の魔女は無防備になるから、多くの下僕にその隠れ家を守らせると。

使い勝手が良くなったからって、根本的なところは変わらんらしい。

しかし……なんだ。あれだ。

「楽しそうだな……随分……」

「でしょ？」

ゼロと王女が取っ組み合ってドタバタやっている様子は、泥闇の魔女の威厳も、高潔な王女の誇りもあったもんじゃない。

しかしそれでも一応は魔法使い同士の戦いだ。取っ組み合いながらもゼロと王女は魔法の打ち合い、潰し合い、ときには殴り合いを繰り返し、とうとうゼロが三本の〈鳥追〉を同時に撃ち放った。——天井に向かって。

俺は首を反らして、あらぬ方向に飛んでいく光の矢を見上げる。

「しくじりましたね？　どこを狙って——！」

「無論、君の旗だ」

「なっ……！」

「曲——がれぇ！」

ゼロが叫ぶと、天井を目指して直進していた光の矢が急速に向きを変え、王女の旗へと降り注ぐ。

最後の旗が破壊され、勝敗が決した。

ゼロの勝ちだ。

大歓声が巻き起こり、王女がぺたりとその場に座り込む。

「曲がれって……〈鳥追〉が曲げられるなんて……ふ、ふふ……あっはははは！」

「おいラウル。お前の大事なお姫さん、負けた悔しさで壊れちまったぞ」

「いえ、あれは悔しがってるんじゃなくて……」

「ああ——なんて面白いんでしょう。わたくし、こんなに楽しいと思った事はありません」

楽しんでるんです、というラウルの解説通り、まさに王女は楽しげに言った。

王女が負けたはずなのに、観客達の誰一人として白い布——王女の賭け札を放り出さずに、歓声と共に振っている。

「すげぇ試合だった！　さすが我らの姫様だ！」

「相手は魔法を作った魔女なんでしょ？　それでほとんど互角だったじゃない……！」

「間違いない。姫様なら絶対に〝聖竜祭〟を成功させてくれるさ！」

「いいなあ、俺も魔法使えりゃ、姫様と一緒に竜と戦えるのに。なんで才能ねぇのかなあ」

白と黄色の布が大量に振られている様子は華々しく、いっそ勝敗などどうでもいいというような雰囲気だ。

雰囲気だったんだが——。

「あの……すみません。ゼロ様の旗が」

ラウルがすっと手を上げて、ゼロの旗の方を指差す。

信じられない光景がそこにはあった。

ゼロの旗が倒れている。馬鹿な、とゼロが声を上げた。

「い、いつの間に……！　我輩（わがはい）の気付かぬ内に、王女の魔法が発動したというのか！」

「わ、わたくしは何も！　何もしていませんよ！」

俺は岩の囲いを乗り越えて、ゼロの旗に駆け寄った。

観察してみると、魔法で倒れたっつーより勝手に倒れた感じがするが……。

「あ、あー！　これあれだ。魔女！　お前最初に〈岩蔵（エトラーク）〉とかいう魔法使ったろ」

「う、うむ。地面の土を壁（かべ）に変え、王女の〈鳥追〉を防いだが……」

「あれで壁作るために地面の土をかき集めたから、旗棒の埋め込みが甘くなって勝手に倒れたんだ。辛うじて立ってたのが、お姫さんの魔法の余波で倒れたって感じかもしれねぇが……」

「つまり……じ、自爆（じばく）という事か？」

「だな」

ゼロも王女と同じようにぺたりとその場に座り込み、王女と顔を見合わせて同時にケラケラと笑い出す。

さんざん笑ってから、王女は晴れやかな表情で立ち上がった。

「そうそう……大切な事を伝え忘れるところでした」

乱れた髪を指で軽く整えながら、王女は改めて厳格な表情を作ってゼロを見る。

「魔術師様が、ゼロ様にお会いになるそうです。今夜はもう遅すぎますし、出発は明日に。部屋を用意させましたので、ゆっくりお休みください」

4

「すみません、僕と同室で」

ゼロは客室に通されたが、俺はラウルの生活している厩に間借りする事になった。ゼロは俺と一緒の部屋がいいとゴネたが、シーツを毛だらけにして洗濯係を煩わせるわけにはいかないとか、獣なのだから厩で寝るのが最善だとか、とにかく王女も譲らない。

しばらく二人の押し問答が続きそうだったので、俺は勝手にラウルに厩に案内してもらう事に決めた。どうせゼロがその気なら、部屋をあてがわれても勝手に厩の方にくるだろう。

ラウルの厩は、城の裏庭にあるという。城の内部に続く、王城広場の大階段から地上に戻り、裏庭に回ると、丸太造りの一軒家が見えた。

一見して厩には見えないが、あれかと聞くと、そうだと答える。

厩のくせに普通の家のように戸があって、取っ手もラウルの手の位置に合わせて作ってあるようだった。

そして一歩足を踏み入れて、俺はあんぐりと口を開ける。

「……家じゃねえか」

と間抜けな感想を呟いた俺に、ラウルは小さく吹き出した。

「はい。僕の家ですから」

笑いながら、ラウルは戸棚から鍋を取り出し、水を入れて火にかける。

そう――この厩には戸棚があるのだ。そして台所もある。

窓にはカーテンがかけられているし、ラウル専用の衣装棚もある。

寝室らしき部屋は別個になっていて、覗くと積み上げた藁の上には上等の絹の覆いがかけてあった。あれがラウルのベッドだろう。その傍らには、鎧と槍まで飾られている。

「随分優遇されてんなあ、お前……家畜の扱いじゃねえぞ、こりゃ」

「姫様が僕を拾ってくれてすぐ、姫様が陛下に頼んで作ってくださったんです。それまで僕は他の馬と同じ厩で寝泊りしてたんですけど、姫様が〝人と馬が混じっているのだから、人家と厩の混ざった住居が必要なはずだ〟と」

おかげで快適です、と言いながら、ラウルはテーブルに熱い湯気を上げるカップを置いた。

香草を煮出して、湯に香りつけしてあるらしい。

一口舐めてみると、すっとする爽やかな香りが鼻に抜ける。

「槍使いなのか？」

「え?」

「寝室に飾ってある」

ああ、とラウルは微笑んだ。

「あれは飾りですよ。僕に戦争ができるように見えますか?」

「さぁてなあ。お前さんみたいな獣堕ちは見た事ねぇからなんとも言えねぇが……落馬の心配もないし、足も速そうだ」

「どうぞ座ってください。一応椅子もあるんです」

来客がある事を想定しているんだろう、確かにテーブルの近くには椅子があり、ありがたく腰を下ろさせてもらう。

ついでに、ラウルに借りた外套も脱いで椅子にかける。

「今日は大変な一日でしたね。竜に襲われて、船が沈んで……」

「牢にぶちこまれて、王女を名乗る横暴女に鎖で繋がれた」

冗談で言ったつもりだったが、ラウルの表情が曇った。

「……姫様の事、あまり悪く思わないであげてください。正しさとか、効率とか、そういう事ばかりを見てしまうんです。けど姫様はいつだって、誰かのために最善を尽くしてる」

「そりゃもう分かってるよ。俺を鎖で繋いだのだって、町の連中を怯えさせないためなんだろ?」

そしてそれは、結果的に俺を守る事にもなる。恐怖に駆られた人間の攻撃性は尋常じゃないからな。

つまり俺の心情を無視さえすれば、俺を王女の家畜として鎖に繋ぐのが最善って事になる。

「……けどよ。最善ってのは、百人助けるために、一人を殺す選択の事だぞ。それで納得できない奴だっているだろう。この祭りにしたってそうだ。聖竜祭だっけか？　生贄を捧げるんだとか言ってたが……」

「……生贄は姫様ですよ、傭兵さん」

「なに⁉」

信じられない事をあっさり口にしたラウルに、俺は椅子から身を乗り出して聞き返した。

「あ、あの女はたった一人の後継者なんだろ？　戴冠式も兼ねた聖竜祭だって、そう言ってたじゃねえか！」

「過去に生贄を捧げていた儀式を復活させるとは言いましたが、実際に生贄を捧げるとは言ってません。便宜上〝聖竜祭〟とは言っていますが、このお祭りの目的は竜に生贄を捧げて、怒りを鎮める事じゃないんです」

「だったら、一体……」

「生贄を囮にして竜をおびき寄せ、竜を殺す――いわば〝破竜祭〟なんです。アルタリアの王が魔法を使って竜を襲撃したせいか、竜はより強い魔力を持つ人間を率先して襲うようになりました。だから姫様は、ならば自分が囮になって竜を殺すのが最善だと」

「そんな無茶な……失敗したら死ぬんだぞ！　っつーか竜をおびき寄せるなんざ、失敗する可能性の方が高いじゃねえか！」

「だから姫様がやるんです。百人を助けるためならば、一人が死ぬのは仕方がない。そして姫様は、いつだってその一人に自分を選ぶ」

ね？　と、ラウルは同意を求めるように少しだけ首を傾けた。

優しい人でしょう、と問うラウルの目には、誇らしさより痛ましさが浮かんでいる。

「……たった一人の世継ぎなんだぞ。その自分が死んだらどうなるか考えられないくらい、馬鹿な女じゃねえだろう」

「姫様が死んだら、きっと一時混乱が起こるでしょう。けど、一時に過ぎません。歴史上、多くの名君が誕生し、死んでいきました。けれど国は続いている。小さい頃からたくさん本を読んで、いろんな国の歴史を知って、姫様は気付いたんです。自分の代わりはいくらでもいるって」

天才だからこそ気付く、自分という存在の矮小さ――か。

「それに……竜を倒せなければ、どの道僕達は滅ぼされる。それなのに自分の命だけを大事に守って、一体なんの意味があるのかと。陛下が……先王が身罷った直後に、姫様は国民全員を集めてそう言ったんです。自分は命をかけるから、自分に命をあずけてくれって」

　俺は王女を、傲慢で、冷酷で、いけ好かない女だと思っていた。今も思っている。

　だがその傲慢さや冷酷さが、王女自身にも向けられているのなら――。

「なるほど。悪くは思えねぇな」

　ラウルが表情を和らげ、少し冷めたカップの中身を飲み干す。

「よかった。傭兵(ようへい)さんが優しい人で」

「あぁ!?　お前それ、傭兵に対しちゃ侮辱だぞ侮辱！」

「え、あ、すみません！　えっと……じゃあ、傭兵さんがいい人で？」

「どっちも同じだ……！　俺は優しくも、いい人でもねぇ！　金をもらって戦争する、血も涙もない傭兵だぞ！」

「あー……えーっと……こ、怖がった方がいいですか？」

「やめろ。変な気を使うな。そして申し訳なさそうな目で見るな。それ以上何も言わなくていい。俺はもう寝る」

　なぜだ。肉食獣(にくしょくじゅう)の獣堕(けものお)ちである俺が、なぜ草食獣の獣堕ちに……しかも首から上は完全な優男でしかない中途半端な馬人間にこんな惨めな気持ちにさせられなきゃならねぇんだ。

「あ、あの傭兵さん……！」

「今度はなんだ！」

「ナイフの持ち主の話。結局あの時聞けなかったから、聞きたいなって……」

俺は鼻の頭に皺を寄せる。

「今か？」

「明日生きてるとも限らないじゃないですか」

「爽やかな笑顔で破滅的な発言をするんじゃねぇよ……」

深々と溜息を吐いて、俺は立ち上がりかけた腰を再び椅子に落ち着けた。

「ったく、なんでそんな事聞きたがるんだか……」

「憧れるからですよ」

「憧れぇ？　俺の？　何に」

ラウルは微笑んで、窓辺に敷いた布の上に器用に腰を下ろす。そうすると出窓が丁度いい肘置きになって、ラウルはそこにゆったりと上半身を預けた。

「僕は姫様に守られて、ずっと姫様の側にいました。獣堕ちが外の世界で生きるってどういう事なのか、普通の人達からは嫌われているはずなのに、どうして親友ができたのか……知りたいんです。ただ、知りたいだけ」

変ですか？　と問われて、俺はどう答えていいのか分からなかった。

「お前は……ここから逃げ出したいのか？」

「いいえ。そんな、まさか！　こんなによくしてもらってるのに、逃げたいなんて」

ラウルは強い否定を込めて首を左右に振った。

「僕の居場所は姫様の近くで、もちろんそれに満足しています。――けど、外の世界が気にならないわけじゃない。ただ……いつか僕も旅ができたらいいのにって、そんな風に思う事はあります。絶対に実現しない夢ですけど」

「お姫さんと一緒にか？」

「そう、姫様と一緒に」

それはそれは、と俺は天井を仰ぐ。自然と表情が緩（ゆる）みはしたが、馬鹿にする意味の笑いじゃない。

俺はその夜、空が白むまでラウルに旅の話を聞かせてやった。

【幕間　人形の夢】

暗い闇（やみ）の中で、人形が首を吊（つ）っている。

人形の胸にはナイフが突き立ち、赤い血を滴らせている。

ぽたり、ぽたりと滴る血がふと止まり、人形がゆっくりと顔を上げた。

糸で縫（ぬ）い付けられた口に、欠けたボタンの目。服は紫色の派手なドレスで、髪の毛は色も太さもバラバラで不揃（ふぞろ）いな紐（ひも）だ。

ああ、と人形が声を上げた。

「嫌だわ、嫌だわ。なんて不格好な人形かしら。なんて可哀想（かわいそう）なあたしなのかしら」

ずんぐりとした手足をジタバタと動かして、人形は自分の境遇を嘆いてみせる。

「見てよ、こんな風に首まで吊られて！　これじゃあお散歩だってできやしないわ。それにこの悪趣味（あくしゅみ）なドレス！　ああ、嫌になっちゃう。――ねえ、あなたもそう思うわよねぇ？」

きぃ、とどこかで木が軋（きし）む。人が首を括（くく）った枝が軋むような音だった。

　人形が吊り下がっているだけにしては、あまりにも重たく、生々しい。

「ねえ聞いて？　あたしお姫様のお人形が欲しいのよ。それから栗毛のお馬さん。おじいちゃんはとっても素敵なお人形を持ってるのに、絶対あたしにくれないの。あたしは毎日頑張るいい子なのに、こんなのってあんまりじゃない？」

　ねえ、と人形が可愛らしく首を傾ける。

「けどおじいちゃんが死んだら、お人形はあたしの物よねぇ？」


　声にならない悲鳴を上げて、アムニルはベッドから飛び起きた。全身にぐっしょりと嫌な汗をかき、額に髪が張り付いている。呼吸も乱れて、胸が苦しい。

「また……この夢……」

　ゆらゆらと揺れる、血を流す人形。欲するのは姫の人形と、馬の人形。

　なんという不快な符合。この符合に意味などないと、魔法を知り、魔術を学ぶアムニルには思えない。

　ああ、と。突然アムニルは理解した。

「……こんな時、人は神に祈るのですね」

　縋る神を捨て、悪魔を使役する事を選んだアムニルに、その権利はすでにない。

　どこか自嘲気味に笑って、アムニルはベッドを抜け出した。

もう、眠れそうもない。本でも読んで気を紛らわせなければ――。
自分には縋(すが)る神がいない事が、少しだけ心細かった。

四章　星瞰の魔術師

1

眠ったと思ったら、一瞬で朝だった。――日が昇るまで話してたんだからそりゃそうだ。はっきり言って、俺は寝るのが好きだ。猫科だからなのかは知らねぇが、可能なら一日中寝ていたい。朝起きるのも苦手だ。

だというのにラウルの奴は「僕は一時間も寝れば十分です」と、朝っぱらから元気なものだ。ラウルの用意した肉でこしらえた朝飯――あろう事か生肉を出しやがったから、目の前で料理してやった――を食っていると、厩にゼロが現れた。

「昨晩はお楽しみだったようだな」

などと意味の分からない事を言い、当然のような顔をして鍋の中身を覗き込み、残っていた肉の炒め物を素手でつまんで口に押し込む。……よかった。ゼロがくる事を見越して、余分に作っといて本当によかった。これで鍋の中身が空だったら、ゼロが何を言い出すか分かったもんじゃねえ。

「魔法を広めた魔術師とやらに会いに行くんだろ？　いつ出発かは聞いてきたのか？」

もぐもぐと口を動かしながら、ゼロは「今だ」と短く答える。

「だが、その前に鍛冶場にこいと兵団長が言っていた。君から取り上げた装備を返すそうだ」

「はぁん？　返すならここに持ってくりゃいいじゃねえか。それとも何か？　俺に新しい装備でも鍛えてくれてるわけか」

「つべこべ言わずに、行くぞ傭兵。馬の、案内してくれ」

ゼロに呼ばれて、窓辺でまったりしていたラウルは慌てて立ち上がった。

鍛冶場は地下採掘場の一角にあるらしく、ラウルの案内で城の内部にある大階段から地下に下りる。賑やかな往来を抜けて大通りの先まで進むと、カンカン、カンカンと小気味よく金属を叩く音が聞こえてきた。

戦場でもお馴染みの、鍛冶屋が剣や鎧を鍛える音だ。その音だけで熱く焼けた鉄の熱気が感じられるようで、焼けた鉄を水に突っ込む音まで想像できる。

ほどなくして、鉱石を溶かして鉄を作る巨大な炉が姿を現した。

一見すると巨大な石と煉瓦の化物だが、その実、炉を構成しているほとんどの部分は煙突だ。小さなずんぐりとした火室に対して、細く長い煙突が、二階層分の高い天井をぶち抜く勢いでそびえ立っている。

「製鉄もここでしてるのかよ……」

炉を見上げて呟くと、「詳しいんですか？」とラウルが俺を見る。

「詳しくはねぇが、炉は見た事あるな。中に石炭やら鉱石やらをぶち込んで火をつけて、ふいごで風を送って温度を上げるんだろ？」

そうすると、炉の下の方から溶けた鉄が流れ出してくるという仕組みだ。

ゼロは目を輝かせて炉に駆け寄ると、ぐるぐるとその周りを回って興味深そうに炉の構造を観察し始めた。

「水車を動力にして、ふいごを自動で動かしているのか……これも王女が考えたのか？」

天井から流れ出す地下水が水車に当たり、回転する水車がふいごを動かし、炉の中に風を送っているのを見て、ゼロがラウルに弾んだ声で問いかける。

「さすがにそれは、かなり昔に鍛冶屋が考えた技術だって聞いてます。地下水で水車を回すのは、四代前の親方が考えたと……姫様はそれを見て、居住区画にも使えると考えたんです」

ふうん、とゼロは聞いているのかいないのかよく分からない声を上げながら、溶け出した鉄や、水車や、ふいごをまじまじと観察する。

それからふと、箱の中に詰め込まれた鉱石に目をやった。

ひとつつまみ上げて光にかざし、

「蛍石」

と呟く。

「ああ、それは――」

「なるほど、融剤か」

説明しようとしたラウルの言葉に、ゼロの言葉が重なった。

ラウルは目を瞬き、感心した様子で微笑む。

「よく分かりましたね……詳しいんですか？」

「詳しくはないが、触媒の働きは知っている」

ラウルが俺にしたのと同じ質問をゼロに繰り返すと、ゼロは言葉を真似して答える。

「しょくばいってのは？」

「反応を促進する物質だ」

俺の質問にさらりと答えて、ゼロはふと顔を顰める。

「簡単に言うと、金属に対する塩のようなものだ。ただ水をかけるより、塩水をかけた方が錆びやすいだろう？　塩には金属を錆びさせる特性がある。それと同じく、蛍石には鉱石を溶けやすくする特性があるのだ。蛍石と一緒に燃やすと、より低い温度で鉄が溶ける」

「石で石が溶けやすく……ねぇ」

よく分からないが、実際にこうして蛍石が用意されていて、実際に鉄が溶けているのを見ると、本当の話なんだろう。炉の下の方からは絶えず溶けた鉄が流れ出していて、用意された砂の上に広がっては冷え固まっていく。

固まった鉄の塊は別の、もっと小さな炉に運ばれていき、槌で叩かれ、包丁や鋏や鍋や、剣や鎧に加工されていく。

そんな鍛冶場の風景を眺めていると、炉の陰からゴーダが姿を現した。相変わらずの顰め面で、俺達に会いたくなかったようにさえ見えるが、もともとこういう顔なんだって事はすでに分かっているから不快でもない。

「何を炉の周りでうろちょろしているんだ、お前達は。こっちだ、こい」

相変わらずの態度だが、これにもすでに慣れている。

言われた通りについていくと、炉から離れた一角に俺の剣と鎧が並べられていた。もちろん、服や鞄も揃っている。

「ああ、会いたかったぜ、俺の装備！　長年連れ添った相棒達！」

大げさに喜んで駆け寄ろうとすると、ゴーダの咳払いが俺の足を止めさせた。

「なんだ？　何か壊しでもしたのか？」

「いや……その……まあ、そうだ。言ってしまえば……一部壊した。というか、溶かした」

「溶かしただぁ⁉　俺の装備をか！」

「間に合わなかったんだ！　鍛冶屋が言うには、お前の装備は大きすぎて流用もできないし、ボロボロだったし、使い物にならないから即座に炉に放り込んだと。それに海水ですでに錆も浮いていたというし……」

仕方ないだろう、とゴーダは渋面を作って腕を組んだ。

「だから、溶かした装備を改めて作り直したんだ。だが体に合わせて作ったわけではないから、ここで最終的な微調整を行う。そのために呼んだ」

「作り直したって……」

一晩で？　と俺が聞くより先に、何人かの徒弟が脛当てと肩当てを俺の体に実際に当ててみて、紙にあれこれと書き留めて去っていく。

すると少し離れたところで、親方と思しき熟練の鍛冶屋がカンカンと槌をふるって装備の形を調整し始めた。ここまでされては、さすがに文句を言うのも大人げない。

「……それで？　装備はいいとして、荷物は全部揃ったのか？」

「それが一番の問題でな」

ゴーダの代わりにゼロが答え、困ったように腕を組んだ。

「大半は回収できたし、失われた物も君の装備のように代わりの物を用意する形で落ち着きそうだ。ウェニアス王国の通行証も回収した。――ただ【魔女の手紙】を紙くずと間違えて、他の古びた羊皮紙と一緒に捨ててしまったらしい」

「す……捨てただぁ⁉」

離れた場所にいる人間と、ほぼ時間差なしでやりとりができる貴重な魔女の道具を、よりによって捨てただと？

愕然とする俺に対して、ゼロはどこか諦めている風だ。

「まだ燃やしてはいないから、今、ゴミの山から見つける作業中だそうだ」

「まあ……そりゃ、ゴミにしか見えねぇから無理もねぇんだが……お前はなんでそんなに平気そうなんだよ」

「我輩とて平気ではない。しかし、怒ったところでどうしようもない。事が判明した時、兵団長が我輩に膝を折って謝罪した。どうか、誰が捨ててしまったかは聞かないでくれとな。まるで弱き者を守る正義の味方だ。なので我輩も、心の広い魔女を演じる事にした」

俺は鼻の頭に皺を寄せ、不機嫌に尻尾を揺らしながらゴーダを睨んだ。

「お前、俺にはひとっことも謝らなかったくせに……」

「お前にはこうして代わりの物を用意しただろう。謝罪する事など何一つない」

「代わりが用意できたら失敗がなかった事になると思ったら大間違いなんだよ！」

「それほど謝罪が欲しいか？　安い自尊心だな」

「てめぇ……！　よっぽど俺に頭から喰われたいと見えるな……！」

「できるものならやってみろ。つまらん自尊心のために人を殺すほどの馬鹿だと、周囲に知らしめたいのならな」

ふんと鼻を鳴らして、ゴーダは俺としばし睨み合う。

そんな俺達の間に、ぬっとラウルが割り込んできた。いつもの穏やかな笑顔で、「まあまあ」などと言われ、俺とゴーダはお互いに顔を背け合う。

そして、ゼロがごほんとわざとらしく咳払いをして俺達の視線を集めた。

「和解したところで、話を先に進めても？　我輩、そろそろこの島に魔法を広めたという魔術師のところに行きたいのだが」

2

城門で王女が待っているから、装備を整えたら急いで向かえと言い残し、ゴーダは足音も荒く鍛冶場を出て行った。

言われた通りに城門で王女と合流し、竜の襲撃の爪痕が痛々しい街を突っ切って街道に出る。街道を少し歩くと、すぐに森に囲まれた。

しかも街道の左右が上り坂になっていて、その斜面から街道に向かって木が伸びているせいで、空が枝に阻まれてほとんど見えない。

「日が暮れたら何も見えねぇだろ、この道……木を切って視界確保しろよ。街道の管理は権力者の重要な仕事だぞ」

俺が文句を言うと、前を歩く王女は「必要ありません」と一蹴する。

「この街道を行き来する者はめったにいませんし、いたとしても、日のある内です」

「戦争が終わって国を統一したんだろ？　行き来は結構あるんじゃねぇのか」

いえ、とラウルが横から口を挟んだ。

「二つの国の国民が、みんなノーディスに集まってるんです。アルタリアの王都には、今は誰も住んでいません。竜の襲撃で人が減って、国として必要な機関が全部ノーディスに移動してしまったので、必然的にですが……」

「土地を巡って戦争してたってのに、土地が余ってるとは皮肉な話だな」

そうですね、とラウルは小さな溜息と共に同意する。

「戦争と竜の襲撃で、たくさんの人が死んで、今は人が足りないくらいなんです。だから今回船が沈んだ事を喜んでいる人もいて……」

「漂着した連中で人口が増えるからってか?」

そりゃ随分切迫した人手不足だ。責めるつもりで言ったわけじゃなかったが、ラウルは律儀に謝罪してくる。

「ごめんなさい。気分悪いですよね……今回のお祭りは、こんな状況で少しでもみんなが明るくなれるようにって気持ちもあって」

「そう言えば我輩が流れ着いた時、兵団長が言っていたな。〝魔法の才能がない者には役割を割り振る〟とか、なんとか」

「そりゃまあなんとも……奴隷的な制度なこって」

これは悪意を込めて言う。すると、今まで黙っていた王女が片眼鏡の下から冷たい視線を俺に送った。

「適性を見極めた上で、こちらで仕事を割り振る――それが現状では最善なのです。不満も当然あるでしょうが、他の仕事への適性を示せば転職も認めています」

「へーぇ？　で、その色々とのっぴきならない状況で、お姫様が直々に魔術師の隠れ家に案内してくれるわけだ。別に案内なんぞなくてもよかったんだがな」

「わたくしもお師匠様に呼ばれたのですよ」

お師匠様……？　って、ああ、魔法の……。

「それに、あなた方はお師匠様を殺す可能性もあるのでしょう？　そうなったら、わたくしはお師匠様を守るために戦うつもりです」

「我輩と戦う、と……？　昨夜、魔法試合で我輩に惨敗した事を忘れたか？」

にやりとゼロが口角を吊り上げた。すると王女も片眉を吊り上げ、勝気に笑ってゼロを見る。

「わたくしの記憶が正しければ、引き分けだったと思いますが」

い、い、い、楽しそうに睨み合うゼロと王女は、まるで遊びたいざかりのガキのようだ。そんな二人を、ラウルが兄のような表情で「まあまあ」と取りなした。ゼロはそんなラウルの背中に横座りし、途中で見つけた木の実をしゃくしゃくと齧っている。

王女が「ラウルから降りなさい」と何度目か分からない命令を口にするが、当然そんな事を聞くゼロじゃない。

「君が乗ると言うのなら明け渡すが？」

「わ……わたくしが、ラウルのような獣堕ちにまたがるなど……そんなはしたない真似をするわけがないでしょう？」

「ならばいいではないか。それとも我輩は重いか？　馬の」

ラウルは王女の顔色をうかがって、うーんと困ったように頬をかく。

「たぶん姫様と同じくらいなので、全然重くはないですよ。なんでしたら、姫様も一緒に乗って大丈夫です」

「わたくしは乗りません！」

「けど、顔色があまり良くないですよ？　あんまり寝られてないんじゃないですか？」

「お前は過保護過ぎると言ったでしょう。わたくしはもう大人です！」

鋭く言って、王女は足早に先頭をずんずんと歩いていく。

街道をしばらく進むと、空を覆っていた木が消えて空が見えるようになった。だがその代わり、道の左右に切り立った崖が突き出していて、左右の景観が消失する。

どうしようもなく一本道の街道だった。道に迷う心配は絶対にないが、歩いていてこれほど退屈な道もない。

さすがにげんなりしてくると、突然崖がぷっつりと途切れて再び森が広がった。だが、崖の道に入る前と、抜けた後だと、森の種類がまるで違う。

崖を抜けた後の方が植物の種類が多く、豊かだ。崖が潮風を阻んでいるおかげで木が育ちやすいんだろう。

「ここが丁度国境です。この付近の森には〝竜の青涙〟と呼ばれる湖があって、そこに魔術師様はいらっしゃいます。――こちらへ」

王女について森に入り、獣道と呼んで差し支えない細い道を少し歩くと、水の匂いがしてきた。それから様々な種類の薬草の匂い。

人の家が近いな、と――そう思ったところで、急に視界を遮る木々が途切れた。王女が足を止め、「ここです」と言う。

森の中にぽっかりと口をあけた、巨大な円形の広場だった。街の一区画ほども広さがある空間に草原を敷き詰め、その中心に湖が広がっている――そんな、どこか子供の描いた絵のような不思議な空間だった。

湖は青く澄んでいて、空の雲を鏡のように写し込んでおり、その近くには几帳面に区画分けされた薬草畑が広がっている。

まるで違う世界だった。この広場に入る前までは息苦しさすら感じていたのに、ここには眠くなるような居心地の良さがある。

そして何より目を引くのは、湖の中心にそびえ立つ大木だ。

「……木だ」

思わず、そんな間の抜けた言葉が口をつく。

二本の巨木が絡み合い、信じられない事に家を作り上げていた。壁も、ドアも、窓もちゃんと存在しているが、それら全てが二本の木から形作られている。しかも二階建てになっているから恐れ入る。

「どうなってんだあれ……どうやって作ってんだ……？」

ほう、とゼロが感嘆の息を吐いた。

「これは見事だ。自然物を住処に変えるのは、優れた魔女の腕の見せどころだが……これは並みの魔術師の所業ではない」

「魔女とか魔術師って連中は、住んでる家まででたらめなのかよ……」

「仕方ないだろう。魔女が町にノコノコと出かけて行って、大工に家を作ってくれと頼めると思うのか？」

「悪い、無理だな」

「それに、この見事な結界はどうだ。我輩ですら、この空間に足を踏み入れるまで魔術師の気配をまるで感じなかった」

ふうん、と王女が感心したように声を上げる。

「竜が魔法の気配を追って飛来するので、結界を張ったと言っていましたが……ゼロ様でも察知できないほど完璧な結界なのですね。わたくしが未熟なのかと」

「確かに君は、我輩に比べればまだまだ未熟な魔女だが、これは違う。この結界を張った魔術師が熟練しているのだ」

　心なしか、ゼロの声が弾んでいる。その完璧な結界とやらを張れる熟練した魔術師に、早く会いたくて仕方ないという感じだ。

「僕は外でお待ちしています。狭いところだと邪魔になるので……」

　確かに魔術師の家には、馬を一頭入れる余裕はありそうもない。俺がラウルの背中からゼロを下ろすと、ラウルは湖のほとりまで歩いて行って、四本の足を器用に折り曲げてゆったりと腰を下ろした。

　俺とゼロと王女は湖にかけられた細い橋を渡り、家の前まで進む。

「傭兵。分かっているとは思うが――」

　ふいに呼ばれて、俺はすぐ傍らに立つ女に視線を下げた。

「……んな風に釘を刺されなくても、わきまえてるつもりだ。相手は大事な情報源。出会い頭に殺したりはしねぇよ」

　さすがは〝傭兵〟だなと、ゼロは褒めているのか侮っているのか微妙な事を言う。

　そしてそんな俺達の会話に、王女が神経質そうに眉を吊り上げた。

「そんな事をしようとしても、わたくしがさせません。お行儀よくするのですよ、シロ」

「お行儀って……俺達はお前さんのお師匠様を殺すかどうかって局面なんだぞ？　お行儀がどうこうって状況じゃ……！」

「黙って。魔術師様は静寂を好みます」

相変わらず俺の話を聞かねぇな。そしてこの女、あくまで俺をシロと呼び続ける気だな。

王女が戸の前に立つと、ノックをする間もなく勝手に戸が開いた。ぎょっとしたのは俺だけで、王女もゼロもそれが当然というような顔で入っていく。

一瞬躊躇したが、諦めて俺も魔術師の住処に足を踏み入れ――ああ、と思わずそんな声が出た。

大量の本に、雑然と積み重なった羊皮紙、何に使うのか分からないガラスの器具などなど、いかにも魔術師の部屋って感じだ。

だが部屋の中にひとつだけ、部屋の雰囲気にそぐわない品がある。

――人形だ。

紫色の派手なドレスを着てはいるが、本体の方は哀れになるほどみすぼらしい。紐で作られた髪の毛は色も長さも不揃いだし、ボタンで作られた目は欠けている。

それが、よりによって天井から吊り下げられていた。悪趣味な事に、紐が人形の首にくくりつけられているせいで、完全に首吊りの姿勢になっている。

魔術師の趣味ってのは一生理解できそうにないな、と俺が内心呟くと、ゼロがついと俺を横目で見やり「これは我輩から見ても悪趣味だぞ」と静かに言った。

「何を見ているのです？　天井に何か――」

ひ、と。俺の視線を追って天井を見上げた王女が悲鳴のような声を上げた。分かるぞ、確かにぎょっとする不気味さだ。

「……つっても、たかが人形に怯えすぎだろ。おい、どうした？　どっか痛ぇのか？」

「いえ、なんでもありません……」

王女はゆるゆると頭を振って、人形から顔を背ける。辛うじて、「どうしてここに」と呟く声が聞こえたが……。

と、

「──ようこそ、泥闇の魔女殿。こんな老いぼれの隠れ家まで、わざわざ御足労痛み入る」

突然嗄れた男の声がして、俺ははっとして顔を上げた。

3

「すまんが、奥まできてもらえんか。足が悪くて迎えに出られんのだよ」

声に従って奥に進むと、うずたかく積み上げられた紙や本の隙間から、椅子に深く腰掛けた老人の姿が見える。

声から想像できた通りの、痩せた老人だった。見た目から年齢を判別できないゼロや十三番とは違い、凄まじく高齢である事がひと目で分かる。

「お久しぶりです、お師匠様」

王女が一歩前に出て、ぎょっとするほど優しげな声で老人に呼びかけた。思わずその顔を見ると、表情までもが優しげだ。

大好きなおじいちゃんに会った孫娘かよ……似合わねぇぞ、お姫さん。

「黙りなさい、シロ。無礼が過ぎますよ」

「何も言ってねぇだろう！」

「目は口ほどに物を言うと言うでしょう。お前が何を考えているかなどお見通しです」

「傭兵は分かりやすいからな」

「ぐ、ぬ……！　表情でどうやって黙れってんだよ……！　仮面でも被れってのか？」

反論すると、椅子にゆったりと腰掛けた老人が楽しげな笑い声を上げる。

「これはこれは……存外に楽しいお客さんだ。新たに泥闇の名を継いだ魔女は、悪魔も平伏す冷酷な美女だと聞いていたが、やはり実際に会ってみなければ分からんものだな」

「……我輩を知っているのか？」

「無論だとも。お主を知らぬ魔女魔術師などおらぬよ。わしですら、お主が生まれた日からその存在を知っていた。穴ぐらを出たと聞いていたが、まさかこんな形で会う事になろうとは。——どうだね？　泥闇よ。外の世界は愉快だろう。考えるだけでは知る事のできない事が、この世界には数多ある」

皺だらけの顔で、魔術師は人の良さそうな笑みを浮かべてゼロを見た。

　ゼロはそんな老人をまじまじと見つめ、急に何かに気付いたように表情を華やがせた。

「君は——もしやアルゲントゥムか？　星瞰の系統に連なる……！」

「ほう？　わしをご存知とは光栄な。わしは泥闇の魔女殿と違い、さほど高名な魔術師ではないのだが……」

「つまらぬ謙遜をするものではない。老いるが故に貪欲に知を貪る、命短き観測者アルゲントゥム——我輩だけでなく、多くの魔女が君の記した書をいくつも読んだ」

「なんだ、魔女界隈での有名人か？」

　俺が横から口を挟むと、「そうだ」とゼロは一切の迷いなく肯定する。

「魔女には複数の系統が存在すると、前に説明したのを覚えているか？　我輩が〝泥闇〟で、ウェニアス王国のわっぱは〝詠月〟の魔女であると」

「あー、まあ……なんとなくな」

「それと同じだ。内部の知を探る泥闇の系統とは真逆の、外界よりの知を求める——それが星瞰の系統だ。そしてアルゲントゥムは、その星瞰の系統に属する高名な魔術師なのだ」

「悪いが、お前が何を言ってるのかさっぱり分からん」

　内部の知だとか外界よりの知だとか言われても、俺には超古代で使われていた謎の言語にしか聞こえない。

　するとゼロは少し考え、

「ものを調べて記録するのが〝星瞰〟で、その記録を元に真理を求めるのが〝泥闇〟だ」

と端的に説明した。そういう事なら、なんとなくだが理解ができるような気がする。

「では、老いるが故に知を貪るというのは？　命が短いとは、一体……」

王女が不安げな声を上げた。俺とゼロが振り向くと、王女は少し気まずそうに肩を竦める。

「お師匠様は、ご自分の事をお話しにならないのです。知る必要はない、と」

「今日は答えよう。そのためにお前も呼んだのだよ、アムニル。何せ――」

王女はぱっと表情を華やがせた。だが魔術師が続けた言葉に、すぐさま表情を硬く強ばらせる。

「わしは今日、ここで死ぬ」

「そんな……何を言うのです、お師匠様！　そんな事、わたくしが――」

魔術師――アルゲントゥムは人差し指をゆっくりと上げ、自分の唇に押し当てて「しぃ」と言う。

「のう、アムニル。それだけで、王女はぐっと唇を引き結んだ。泥闇は若く美しい娘の姿だが、わしは老人だろう？」

「ええ……はい」

「これは魔力の違いのせいだ。わしには魔力が少なく、肉体の維持に割ける力はごくわずかだ。故に多くの才覚ある魔女、魔術師よりも早く老いる」

しわしわで、ペンダコだらけの手を窓から差し込む光にかざして、アルゲントゥムは目を細めた。

「わしには時間がないのだ。この体もあとどれだけ持つかどうか……故に焦り、故に集め、故に記し、生きた証を残そうと足掻いている——それがこのわし、アルゲントゥムという魔術師だ」

　生きた証、とゼロは穏やかに口を開く。

「君の生きた証とは——つまりこの島に魔法を広める事か？　アルゲントゥム」

「焦るな、泥闇。話すために呼んだのだから、急かさなくても全てを話す。けれどその前に、準備をしなければな」

　さて、とアルゲントゥムが軽く指先を曲げると、テーブルの上のポットが浮き上がり、カップに温かな茶を注いだ。そしてそのカップまでもが浮き上がり、勝手にアルゲントゥムの手まで飛んでいく。

　さらにアルゲントゥムが指を一振りし、「記録しろ」と命じると、数本のペンが浮き上がって白紙の羊皮紙に勝手に文字を綴り始める。

「どういう魔法だ、ありゃ……すっげぇ便利じゃねえか」

　俺の言葉を、ゼロが「魔法ではない」と否定する。

「姿の見えない悪魔を、魔術で使役しているのだ。君の目には見えないだろうが、この家には無数の悪魔がひしめいている。妖精と言った方が、君には伝わりやすいだろうが」

「さよう。ご覧の通りの老体なのでな。わしには素早く動いたり、遠くまで行く事が難しい。それ故、悪魔の耳と目を借りる。――覗いてごらん」

アルゲントゥムがカップを俺達に差し出した。言われるままに覗き込むと、薄緑色の茶の水面に何かが映っているのが見える。

「これは……城か？」

俺が問うと、アルゲントゥムは頷いた。

「わしはここの安楽椅子に腰掛けて、ここではない場所を観測する。そのためだけに魔術を使う。星瞰の魔術師の生きた証とは、〝何を観測したか〟だ」

「観測して、どうすんだ？」

どうもしない、とアルゲントゥムは笑って答えた。

「我々の原動力は、純粋な好奇心なのだよ、獣の戦士よ。人の道を踏み外すほどの強烈な好奇心だ。考えた事はないか？　もし目の前で愛する者が死んだら、自分は一体どうなってしまうのか……気になったら実行し、観測せずにはいられない。それが星瞰の系統というものだ」

「……試したのか？」

「おそらく、どこかに記録を残してあるだろう」

「なるほど、踏み外してる」

好奇心にしたって限度があると思うが、限度のぶっとんだ奴が星瞰の系統に属する事になるんだろう。

「そして魔法という新しい技術は、この老体に長旅を決意させるほど未知の可能性に満ちていた。わしの心は新たなる知識の歓喜に震え、老いるこの身を呪ったほどだ。そして今から十年前――〈ゼロの魔術師団〉なる集団ができたと知るや、わしは全てを投げ打ってウェニアス王国へと赴き、魔法の全てを貪った」

「だが、君はウェニアス王国に留まりはしなかった」

アルゲントゥムは眠たげに伏せられていた瞼をわずかに持ち上げ、ゼロを見た。

「【ゼロの書の写本】を手に入れ、この黒竜島で魔法を広め、戦争を引き起こした」

「さよう――〈不完全なる数字〉の一員としてな」

それが知りたかったのだろうと言うように、アルゲントゥムはあっさりとその名を口にした。

やはりこいつは〈不完全なる数字〉の一員か。テオを殺したあの女――サナレの仲間か。

無意識に、剣に手が行く。

その瞬間、王女が俺とアルゲントゥムの間に割って入るように立ちふさがった。

おい、と脅しの声を上げた俺の手を、ゼロが静かに上から押さえる。

「待て傭兵。焦るな」

「分かってる……！　殺さねぇよ、まだな」

聞き出すべき情報がある。それくらいは俺だって分かってる。

「アムニル、お前も下がりなさい」

「ですが……！」

「そこにいられては、話ができないだろう？　わしは楽しんでいるのだよ」

頼む、とまで言われては、さしもの王女も従うしかないようだ。王女は俺への警戒はそのまま、静かに壁際まで下がる。

なぜだ、とゼロは悲しげにアルゲントゥムに問いかけた。

「アルゲントゥム……気付いていないわけではないだろう？　君のしている事は〝観測〟ではなく〝介入〟だ。君ほどの魔術師がなぜ、誰にそそのかされてこんな馬鹿げた事を――」

「馬鹿げているなどと、わしは思っておらぬよ、泥闇。これは間違いなくわしの意思だ。これは観測に必要な介入だった。わしにとっても、魔法にとっても、そして世界にとってもな」

「世界とは……随分大きく出たものだな」

「大げさに聞こえるか？　だが事実だ。〈不完全なる数字〉は、魔法を世界に普及させんとしている。そうだ、泥闇――お主の夢見た世界を現実のものにするために」

「我輩の夢見た世界だと……？　君が――〈不完全なる数字〉の連中が、我輩の何を知っていると言うのだ？　知った風な口を利かれるのは、相手が星瞰の魔術師であっても少しばかり不愉快だ」

ゼロは不機嫌を顕にして声を低くするが、アルゲントゥムはあくまで泰然としている。

「わしは【ゼロの書】の原本を読んだ。隅々までな。お主がどんな顔をしてあの本を書いたのか、どんな思いで魔法を作ったのか――あの本を読んでそれが分からぬのなら、それは魔女とも魔術師とも呼べぬ」

アルゲントゥムの言葉に、ゼロは少しだけ肩を震わせた。苦々しい表情を隠すように、ついとフードを引き下げる。

「お主の夢は、多くの魔女の夢でもあった。しかしその願いの成就とは、教会による統治の崩壊を指す。過去に魔女は教会に負けた。だが魔法があれば、魔女は教会を倒せる」

「我輩は、戦いの力として魔法を生み出したわけではない……！」

「だが、そうなり得る技術だった。魚を切る包丁が人を刺し、木を切る斧が人の首を跳ねるようにな。それを禁じる事は誰にもできない。それを生み出した泥闇、お主本人にすら」

ぎぃと椅子を軋ませて、アルゲントゥムが椅子に深く背を預ける。

「思い通りにいく事など、何一つありはせんよ、泥闇。お主がどれほど天才だろうと、計画などというものは、綿密に立てるほど、些細な揺らぎで瓦解する。魔法はお主が生み出した技術だ。しかしそれがお主の頭の中から紙へと写し出された瞬間から、それはお主の手に負えるものではなくなった」

それが〝技術〟で、それが〝概念〟だとアルゲントゥムは断言した。

「だからわしは〝観測〟をする。そしてひたすらに記録する。すでに魔法が広まる事が確定してしまったこの世界で、どのように世界が変わるかを少しでも予想できるように。後の世代が少しでも的確に対応できるように」

この島は、とアルゲントゥムは島全体を示すように片腕を大仰に振ってみせた。

「魔法を観測するための実験島なのだ。二つの勢力が存在する、小規模の空間——これほど魔法を広めるのに適した場所はほかにない。この島での出来事は、先の五十年に起こるであろう、歴史の先取りと言えるのではないか？　泥闇よ、お主の——すなわち〝魔法の管理者〟の到来さえもだ」

インクの染み込んだ指先で、アルゲントゥムはゼロを指す。

「わしはお主の思惑通りに魔法を広めた。民に狩猟や収穫の技術として魔法を広め、魔法はいつしか国家に受容される——これがお主の見た夢だ。だが、魔法が広まれば当然神父は反発する。そしてこの島の人間は、敵となる神父を殺した。魔法がさらに普及し、豊かになって戦争が起きた。魔法が使えぬ者への差別も生まれた。先の百年に起こるだろう歴史、この島はこの七年で駆け抜けたのだ」

天井を仰いだアルゲントゥムの喉からこぼれたのは悲しげな溜息だった。

「この老体が生き永らえられるのは、せいぜい十年かそこらだろう。竜が目覚めなかったとしても、わしはもうこの島から出られはしない。そう……わしは焦っていたのだ。この命が尽きる前に、可能な限り魔法に関する観測がしたかった」

だから、〝あの方〟の誘いを受け、この島に魔法を広めたのだとアルゲントゥムは締めくくった。

「では、その〝あの方〟とは？　君はその人物に会った事があるのか？」

「いいや。〝あの方〟は決して姿を現さぬ。声すら聞いた事がない、観測不能の存在だ。夢に出てくるのだよ、まるで悪夢のように語りかけてくる。だからわしは、〈不完全なる数字〉が何人いるのか、誰がそうなのかも知らないし、興味もない」

「では写本は誰から？　どのようにして」

「お主らも知っていよう。サナレという哀れな女が写本を書いた」

名前が出た瞬間、憎悪と嫌悪で全身の毛が逆立つのを感じた。アルゲントゥムはそんな俺を見て、何があったかは全て知っているとでも言うように嘆息する。

「サナレもわしと同じように、夢で〝あの方〟から誘いを受けた身だ。魔法の才覚を持たぬあの女は、誰よりも必死に魔法を理解しようとしていた。一年をかけて狩猟の章の完璧な写本を作り、続く一年で収穫の章を書き上げ、それらをわしに託したのだ。〝あの方〟からの指示だと言って」

悔しがっていたよ、とアルゲントゥムは、天井から吊り下がっている人形を見上げた。それは窓から吹き込む風できぃきぃと揺れ、気が付くと俺達の方を見ている。

「二年間必死になって書き上げた分冊を、二冊とも他人に託す――それがどんな気持ちか分かるかとな。わしは受け取った写本を手に黒竜島に流れ着き、サナレは残りの二章を書き上げた後にクレイオン共和国に渡った。――残り一冊を市場に流した金を元手にな」

やはり、市場に魔法の本が流れているのはただの噂じゃなかったか。

前にアルバスからそんな噂の報告があり、写本の存在を知ってからは「まず間違いないだろう」と思っていたが……。

こうして実際に確定すると、暗澹とした気分が胸に満ちてくる。

サナレは、とゼロは口を開く。

「あの者は聖都アクディオスで自らの心臓を貫き、〝死の章〟の魔法を発動させた。そしてその死体は、強制召喚によりどこかへ消えた。その死体がどこへ消えたのか。そもそもサナレは死んだのか？　……これが最後の問いだ、アルゲントゥム」

「死体の場所は、わしにも観測できぬ場所に飛ばされた。だがその魂は朽ちる事なく、新たな肉体を求めてさまよっている」

長い、長い溜息を吐いて、アルゲントゥムはゴブレットに水を注ぎ、喉を潤す。

「じゃあ、死んでねぇって事か……！」

だとするなら、ありがたい。あの女をこの手で殺せるなら、神に感謝したいくらいだ。

「さあ――これで全てだ。わしから聞き出せる事は、もう何一つないだろう。――アムニル、ここから出ていなさい」

王女は目を見開いた。

アルゲントゥムの言葉の意味を察したのだろう。――いや、そもそも最初から、アルゲントゥムは俺達に殺される事を前提に話していた。

「嫌です……これればかりは、お師匠様の言葉でも従えません。なぜお師匠様が殺されなければならないのです？　わたくしには理解ができません」

「管理者とはそういうものだ、アムニルよ。子供の喧嘩を、教師が裁くのと同じ――わしが魔法を広め、泥闇の魔女がその角でわしを裁くのならば、わしはそれを受け入れる」

「ですが……！」

「可愛い教え子よ。わしはこうして泥闇と議論する日を、〈ゼロの魔術師団〉に入ったその日からずっと夢見ていた。その泥闇がわしを殺すというのならば、むしろ歓迎だ。お主ならば、分かるだろう。お主はわしと同じく、魔法に魅入られているのだから」

アルゲントゥムは、インクが染み込み黒ずんだ指を胸の上で組み合わせた。

そのまま静かに目を閉じ、何も言わなくなってしまう。

王女の表情が葛藤に歪んだ。白くなるほど唇を噛み締め、急にアルゲントゥムの首にしがみつく。

そして、足早に部屋を出て行った。

「……泥闇よ」

「うん？」

「死ぬ前にひとつ頼みたい。図々しいが……あの子を頼む。幼少期から誰よりも賢く、秀でた才能を持つが故に孤独だった子だ。わしがこの島にくるまで、あの子が対等に話せるのはラウル一人だった」

「だろうな」

「もう、わしはあの子を守ってやれないが……近々あの子には助けが必要になる。お主にも無関係ではない形でな」

ふうん？　とゼロは首を傾げて問い返す。

「まるで、死が決まっているかのような言い方をするのだな、アルゲントゥム。それほど我輩に殺されたいか？」

「なに、確定してしまった未来というものだ、泥闇よ。いくつもの現象を観測した結果、導き出される確定事項――つまり、これは予言だ。わしは今日、ここで死ぬ」

そうか、とゼロは頷いた。

「……約束しよう。アルゲントゥム。君の教え子、しかと我輩が引き受けた。――傭兵」

「あ？」

「後は君の好きにしろ。我輩は出ている」

ゼロは長い外套を翻し、俺とアルゲントゥムに背を向けた。

「なんだと？　おい待て魔女！　こいつは〈不完全なる数字〉の――」

「一員だった。だが、もう違う。その老いた魔術師は〝輪〟から外れた半死人だ。その男を今殺しても、先の未来は何一つ変わりはしない……だから、あとは君次第だ。君の感情の問題だ」

そして、出ていく。

アルゲントゥムと二人きりにされて、俺は椅子に腰掛ける老人を睨んだ。

このジジイは今日、ここで死ぬという。それが確定してしまった未来だと。

だがゼロが殺さず部屋を出たなら――殺すのは俺しかいない。

剣に手をかけて、柄を握る。

――その時。

急に、誰かに腕を引っ張られたような気がした。それはまるで、剣から俺の手を引き剝がそうとしているようで、同時に「おれを殺したの、そのじいさんじゃねーよ」と苦笑いするテオの顔がよぎる。

すると、どうにも場の雰囲気にそぐわない笑いがこみ上げてきて、我慢できずに俺は小さく吹き出した。握った剣から自然と指が離れる。

「――いいのか？」

見てもいないのに、アルゲントゥムの嗄れた声が俺に問うた。

「恨みがあるのだろう？　〈不完全なる数字(セストゥム)〉に。確かにわしは一員だった。わしが魔法(まほう)を広めたせいで死んだ命もあるだろう。復讐(ふくしゅう)の意味や意図など求める必要ない。それで君の胸がすくのなら、この首をはねていけ」

　そのどこまでも達観したような言い方に、俺は苛立(いらだ)って吐き捨てた。

「生憎(あいにく)、俺の目的は〝復讐〟であって〝八つ当たり〟じゃねえんだ。残念だったな、じいさん。お前さんが今日ここで死ぬって予言は外れたぜ」

　サナレを殺してやろうと思った。〈不完全なる数字〉とかいうふざけた連中を潰(つぶ)してやろうとも思った。

　だがアルゲントゥムはサナレではなく、殺したところで何も変わらないという。

　俺は傭兵(ようへい)で、殺しは仕事だ。

　何の得にもならないただ働きなど、想像するだにぞっとする話だった。

4

「――よかったのか？」

　家を出ると、戸のすぐ横で待っていたゼロの声が飛んできて、俺は吠(ほ)えた。

「ジジイと同じ事聞くんじゃねえよ！　よかったもクソもあるか。――殺す理由がねぇ」

それに、と俺はテオのナイフに触れる。その先を言うべきか、言われたら笑われるんじゃないかと俺がもごもごしていると、ゼロが「それに？」と続きを促した。

「……笑うなよ」

「神に誓って」

魔女が神に誓った言葉を、どう信じろって言うんだよ。別に笑われてもいいんだが……。

「テオが……見てるような気がして……で、なんだ……あいつの前で無抵抗のジジイを殺すってのはその……どうも……ダメな感じがな」

笑わないと言ったのに、ゼロは小さく吹き出した。

「笑ったなてめぇ！　ああそうだよ、女々しいよ！　人殺しの傭兵が、何言ってんだって感じだよな、自覚してるよ！」

「違う、そうではない。――それだから、我輩は君が好きなのだと思ってな」

「ば、馬鹿にしてんのかよ……！」

「どうして君はそう、言葉通りに物事を受け取れないのだ。我輩が好きだと言ったら、それ以外の意味はない。嫌いならば嫌いと言う。それとも君は、我輩が心優しい魔女だとでも思っているのか？」

「思ってない」

「少しは悩んでもよかったのだぞ……？　我輩、これでもちょっとは心優しいつもりだ。十三番や他の魔女に比べれば遥かにだな」

「で？　お姫さんは？」

ゼロの言葉を遮って、俺はぐるりと周囲を見渡す。ゼロは家の裏手の方に顎をしゃくってみせた。

「裏だ。子供のように泣いている」

膝下まで茂った草原の草をかき分けながら、湖を回って家の裏手に向かうと、ラウルだけが俺達に気付いて振り向いた。

その表情は穏やかで、俺がアルゲントゥムを殺さなかったとすでに察しているようだ。

「姫様」

ラウルが励ますように肩を支えると、王女は俺達から顔を隠すように目をこすり、湖で顔を洗って立ち上がった。

「……それで？」

と余裕ぶって聞くくせに、その表情があまりにも必死で、「殺した」と答えてからかってやろうという気も失せる。

「金にならない殺しはしない主義でな」

「我輩も、殺しなどという面倒事は可能な限りしたくない」

ぱちくりと、王女は目を瞬いた。

次の瞬間、その目から大粒の涙がボロボロとこぼれ落ちる。

「あ……当たり前です！　殺す理由などないのですから……！　もしお師匠様を殺したりしていたら、わたくしは絶対に……あなた達を許さなかったでしょう」

命拾いしましたねと、いつもの冷徹な声で言うのなら迫力もあっただろうが、こんな風にボロボロ泣いてちゃ鋼の王女様も形無しだ。

ラウルがよしよしと王女の髪を撫でると、王女はその手を乱暴に振り払った。

「わたくしを子供扱いするのはよしなさいと、何度言えば分かるのです！　さあ……祭りの準備があるのですから、もう戻りますよ。わたくしには、竜を倒すという使命があるのですから……！」

【幕間　仕事の終わり】

ゆったりと安楽椅子に背を預け、アルゲントゥムは先刻現れ、そして立ち去った泥闇(どろやみ)の魔女(まじょ)と、獣堕(けものお)ち――そして教え子を思って我知らず笑みを浮かべた。

最後に、いいものが観られた。

この世に生を受けて、そろそろ百年を超えるだろうか。

「……いや、とっくに超えていたか？　よく覚えていないが……」

〝知〟という概念を知ってから、人生の全てを何らかの観測に費やしてきた。

知りたくて、知りたくて、ただ知りたくて――。

あれは飢えであり、渇望だった。

観測をするためならば、どれだけ非道な事にも平然と手を染めた。たとえば竜によって減らされた島の人口を補うために、嵐を起こして船を呼び寄せるような――そんな、古(いにしえ)の悪(あ)しき魔(ま)術師(じゅつし)のような行為を平然と。

だが今はその飢えと渇望が消え去り、ひどく満ち足りた気分だけがある。

魔法を観測し始めてからの毎日は、心躍る日々だった。新たな出来事の連続だった。

観測するのが追いつかず、記録するのももどかしいほどに。

それに、今日区切りがついた。〝管理者〟たる泥闇の魔女の訪れで、この国の流れは一度停滞するだろう。

そしてその先の展開は、おおむね予想に足るものだ。――いや、だが完璧に予測できる事など存在しない。ひょっとすると、〝何か〟が。自分には想像し得なかった驚くべき何かが起こるかもしれない。

で、あるからこそ。

「ああ――見たかったのう。この先を」

アルゲントゥムは息を吐く。それは決して叶わない望みを語る者の声だった。

次の瞬間。

白銀の刃が閃いて、アルゲントゥムの首が飛んだ。切り落とされた首は床に転がり、頭部を失った自分の体を虚ろに見上げる。

――分かっていた。こうなると。

アルゲントゥムが観測する無数の情報が、〝今日だ〟と確かに告げていた。獣の戦士に殺されずとも、どうせこの日に死ぬ定めだと。

頭部を失った体の背後で、男の影が身じろぎした。

鮮やかな翡翠色の髪に、漆黒の神官服——その手にあるのは、農民が麦穂を刈り取るのに使う、冗談のような大鎌だ。

その大鎌から、ぽたりと鮮血が滴る。それが自分の血である事を、アルゲントゥムは知っていた。

——あれが、音に聞く〈女神の浄火〉の裁定官。魔女や魔術師を殺すために、教会から派遣される断獄の執行人か。

「魔術師アルゲントゥム——島に魔女の外法を広め、民を洗脳し、先導し、教会に暮らす善良な神父の命を奪った罪はあまりに重い」

償え、と宣告する声は穏やかで、優しげですらあるとアルゲントゥムは思った。

「その、命をもって」

男が鎌を一振りすると、それは見る間に変形して平凡な杖になる。

面白いものを持っているな、と思った。——死の間際ですら、思ってしまう。珍しい物が見られてよかったと。

死体にもはや興味はないとばかりに、裁定官はアルゲントゥムに背を向けた。

暖炉の炎を布に移し、地面に落とす。ジリジリと広がる炎がアルゲントゥムの体に到達する前に、裁定官は厳かな足取りで部屋を後にする。

それでも変わらず、アルゲントゥムの心は穏やかで、満ち足りていた。

――ああ、やはり。

本当はもう、悔いなどないのかもしれない。

魔法と出会って、その事象を観測し続け――そして今日、その作り手とあいまみえた。

知りたかった事は全て知り、見たかったものは全て見た。記すべき事柄は全て記し、そしてそれらは地獄の業火ですら燃やし尽くす事はできないだろう。

アルゲントゥムは確かに、自らに課した仕事を全て終えたのだ。

目を閉じれば、脳裏には無限に広がる先の未来が見えるだろう。観測し続けた数多の過去が収束し、一本の道となってはっきりと見えるはずだ。

――少し……眠ろうかの。

薄れゆく意識が心地よく、炎を暖かいと感じた。

もうずっと長いこと、深い眠りになどついていなかったような気がする。

――きっと、いい、夢が……。

ゆっくりと目を閉じ、アルゲントゥムは夢を見始めた。

二度と覚めないその夢は未来を見通す予知か、それとも――。

五章　迎撃戦

1

アルゲントゥムの隠れ家を後にした俺達は、ノーディスには戻らず隣国——アルタリアを目指した。

「生贄の儀式はアルタリアで行います。いくら竜を狩るためとはいえ、民のいるノーディスに竜を呼び寄せるのが最善とは言えませんから」

というのは王女の言葉だ。

アルゲントゥムを放置すると決めた以上、俺達の目的は【ゼロの書の写本】を回収し、竜を倒して無事にこの島を出る事——それには王女を囮にして行う〝破竜祭〟の成功が不可欠だ。なのでとりあえず、写本を返せと騒ぎ立てる事なく、成り行きを見守る方向で落ち着いた。

魔法兵団の連中は昨夜の内にアルタリアへと出発していて、すでに向こうの王城で儀式の準備に取り掛かっているという。

道中、ラウルがアルタリアの地理やら歴史を解説してくれた。

「アルタリアは竜の住む山の麓にあるんです。黒竜島では竜の住む山に近づくほど土壌が豊かになって、植物が育ちやすいから、ずっと昔この島に流れ着いた人達が、そこに畑を作ったのが始まりだそうです」

「作物が育つからって、普通、竜が住んでる山の麓に畑なんて作るか……?」

「最初は誰も、島に竜がいるって信じてなかったみたいで……ほら、竜って本来はめったに姿を見せないものじゃないですか」

竜が目を覚ますのは百年に一度で、目を覚ましたとしてもちょっと食事をしたらまた長い眠りに入るという。

とすると、島に流れ着いた連中が村を作って、百年経ってようやく国らしくなってきたところで、遅ればせながら竜の実在に気付いたという事になる。

「火を吹く山から溶岩と共に現れて、王城付近に住む人の半分が食い殺されたそうです。他の動物と違って一箇所に集まってるから、襲いやすかったんでしょう。けど、アルタリアの人達は元々島流しにあった罪人達ですし、船を作る技術がない。だから島に留まるしかなかった」

島から出られないのなら、どこに逃げてもどうせ竜は追ってくる。ならばどうにか共存するしかないという流れで始まったのが聖竜祭だとラウルは説明した。

「祭りが行われるのは、百年に一度。可能な限りの供物と、無抵抗の意思表示として、生贄の処女を一人祭壇に捧げる――それが本来の聖竜祭だったと古い書物にありました」

「竜に生贄を捧げて長らえた国……か。なるほど、祭壇だな」

納得したようにゼロが呟き、俺は前を歩く王女を見る。

「で、その生贄の処女に扮して竜をおびき寄せ、無抵抗の意思表示をしながら迎撃しようってのが、お姫さんの計画ってわけだ」

「それが最善の策ですから」

「最善ねぇ……ほんとに上手くいくのかよ」

「上手くいかなければ、それまでです。もはや打つ手はありません」

「腹が座ってます事で……」

感心を通り越して、もはや呆れる。アルゲントゥムは王女を守ってやってくれと言っていたが、ゼロはどうするつもりなのやら……。

少なくとも、竜を相手に俺ができる事はなさそうだ。船の上で見た竜を思い出すだけで、三回は死ねるような気さえする。

「あ、見えてきましたよ！　アルタリアのお城です」

ラウルが高い声を上げて、街道の向こうに見える丘を指差した。その傾らかな丘の頂上に、赤い屋根の連なる街並みと、そこから突き出す円柱形の塔が見える。

「うーわー……こりゃまた、古い城が出てきたもんだな……」

「ほう……塔を見ただけで分かるのか？」

「ま、大体はな」

城という〝要塞〟の起源は、盛った土とその上に建てた塔だという。そして城の主塔の形を見れば、その城がいつ建てられたかが大体想像できる。

「つーか、地味で単純な形してたら大体古い。四角いともっと古い」

「なんという大雑把な……しかし、まあ……技術とはそういうものか」

時代が進むと塔が王族の居住区になったり、塔のまわりに兵士が住むための家が増築されたりして、城は巨大化、複雑化していく。

最近では「見せびらかすための城」として、防衛的に何の意味もない場所に、とことん金をつぎ込んだ城が道楽で建てられていたりもする。

まあ、その点では教会も似たようなものなんだがな……権威をひけらかすために、でかくて派手で金のかかった建物を作りたくなるのは、権力者の共通心理なんだろう。


日暮れ前にはアルタリアにたどり着き、開け放たれた市門の前で待っていたゴーダと合流する事ができた。

城だけでなく町並み自体もノーディスより古めかしく、町を囲む市壁(しへき)も木造だ。

「孤島だったせいで技術の伝播(でんぱ)が遅れたか……そもそも資材が手に入らなかったか……」

町を見回しながら俺が呟(つぶや)くと、「両方だ」とゴーダが背を向けたまま抜け目なく答える。

「加えて、アルタリアは海から遠い。ノーディスのように大掛かりな交易ができず、技術も遅れた」

「よく攻め滅ぼされなかったたな」

「まあ、どうにかやっていた。城から遠いながらもささやかな港を作り、商船を招いたりしてな。〈禁足地〉周辺の森では珍しい薬草や植物が採れたので、ノーディスで交易をするついでに立ち寄ってくれた」

戦力ってのは単なる殺し合いじゃなく、どう資材を手に入れるかって戦いでもある。この小さな島で、二つの国が長々と戦争状態を続けていられたのも、お互いに資材が手に入れにくく、大規模な戦闘（せんとう）が起こせなかったからだろう。

「それで……儀式（ぎしき）の用意は済んだのですか？」

無駄話はそれくらいにしろとばかりに、王女が威圧的な声でゴーダを呼んだ。ゴーダはその命令に嫌な顔ひとつ——っても基本的に顰（しか）め面（つら）なんだが——せず、「完了しました」と端的に答えた。

「伝統に則（のっと）り、崖の上の祭壇（さいだん）にありったけの供物を並べました」

「竜を呼ぶ笛は？」

「ここに」

ゴーダが懐（ふところ）から黒い縦笛を取り出す。全体に細かな彫刻が施してあって、金と宝石で装飾されている。

「金かかってそうな笛だなぁ」

「下衆（げす）な感想を吐くな、このケダモノ！」

素直な感想だったんだが、心底嫌そうに叱責されて俺は肩を竦める。

「これはアルタリア王家に伝わる笛だ。この音色で竜を呼ぶ——らしい」

「らしいぃ？」

曖昧な答えに嫌味と疑問を込めて聞き返すと、ゴーダは視線を泳がせて言い返す。

「し……仕方ないだろう！　生贄の儀式など遥か昔の風習で、呼んだ事のある人間がもう生きていないんだ。最後の儀式は三百年も昔だぞ！」

伝説として伝わってはいても、本当のところは誰も分からないって事か……しかも、アルタリアの王も王子も死んだとあっちゃ尚更だ。

「旋律は分かるのですか？」

「は。楽譜が残されていたので、どうにか。複雑な旋律でもありません」

「ならばよし。——すぐに儀式の準備に入ります」

2

アルタリアの王城の裏から延びる小道を進んでいくと、断崖絶壁に行きあたる。

その崖のギリギリにしがみつくようにして、古びた石造りの祭壇があった。広々とした祭壇で、巨大な竜が着地するのに十分な広さがある。

祭壇の最上部まで続く階段は全部で十三段――見上げるほどの高さがあり、すぐ正面には竜が住むという山が見える。

階段の側面には竜の彫刻が彫り込まれていて、暗闇の中かがり火に照らされて、不気味に浮かび上がっていた。

「どーも、こういうのは落ち着かねえな。竜をおびき寄せるための罠だと、分かっちゃいるんだが……」

祭壇には鹿や猪、果物などの供物が積み上げられ、その中央に置かれた絹張りの椅子に王女が一人で座っている。

髪を解き、片眼鏡を外し、鎧を脱いで、簡素な白いドレスだけを着ている姿は、遠目から見ても無力な生贄の女にしか見えない。

王女は手にナイフを持っていて、あれにはラウルの血がついている。自分が使える中で最強の魔法で迎え撃つと王女は言っていたが、果たしてどうなるやら……。

「王女が心配か？」

ゼロに聞かれて、俺は鼻の頭に皺を寄せた。

「王女がっつーか、自分の身が――だな。お姫さんが失敗したら、竜はその場で暴れるわけだろ？」

「心配する事はない。最終的には我輩がいる」

「だったら最初っから、お前が生贄やればいいじゃやねえか」

「この国の支配者は王女だ。そして〝王女が囮となり、竜を倒す〟という英雄的行動こそが、二つの国が結束する要となる——と王女は考えているのだろう。ならば我輩という切り札は、こうして控えているのが一番だとは思わないか？」

「かもなぁ」

俺は木の幹に背中を預け、祭壇の周囲をぐるりと見回した。

祭壇の下には魔法兵団が配備されていて、くるべき時に備えて神経を尖らせているようだった。俺は湿った空気に鼻をひくつかせ、ヒゲを揺らす。

「一雨きそうだな……」

——と。

高く、澄んだ音が夜に響いた。祭壇の下に立つゴーダの吹く笛の音だ。

旋律の種類は三つ。高い音、低い音、その中間。それぞれの音を確認するように、一音ずつ丁寧に長く吹く。

それが途切れて、一拍。

竜を呼ぶと言い伝えられているにしては、穏やかで耳に心地いい旋律が流れ出す。

風は崖から山へ向かって吹いていた。この風に乗って、笛の音が山の方まで運ばれて行くのかもしれない。いい意味で眠くなる曲だな——と、俺があくびを噛み殺したその時だ。

山の方から空気を揺るがす咆哮が響き、俺はピンと耳を立て、一気に警戒態勢に入る。

咆哮が聞こえてから、その羽音が聞こえるまでは一瞬だった。宵闇の中、遠くから飛来する竜の姿が確かに見える。

黒い体に、朱色に光る筋がひび割れのように走っていた。竜が近付くにつれて、息苦しいような熱気が吹き付けてくる。

火山の熱気が竜によって運ばれてくるせいだろう。

「来たぞ、竜だ！」

魔法兵団の誰かが叫んだ。ゴーダはまだ笛を吹き続けているし、王女は椅子に座ったまま動かない。祭壇の下では魔法兵団の怒号が飛び交い、間近に迫る竜に魔法を放つ時を今か今かと待っている。

竜が祭壇のすぐ正面までたどり着き、慣れた様子で着地した。まじまじと王女と供物を眺めまわし、匂いを嗅ぎ、少し首を傾げてゆっくりと口を開く。

「おいおい……このまま見殺しにするんじゃねえだろうな」

ヒヤヒヤして俺が身を乗り出すのと、王女が立ち上がるのとは同時だった。

王女が短剣を構える。ゴーダが笛の音を止め、命じた。

「釘付けにしろ――祭壇の前から竜を動かすな！」

竜を取り囲んだ魔法兵団から一斉に〈鳥追〉が放たれる。

今まさに王女に食いつこうとしていた竜は呻き声を上げ、攻撃を嫌がって後退した。足を踏み外して祭壇から落下し、空中で体制を立て直して舞い上がる。

旋回してこの場を離れようとするが、魔法兵団はそれも許さなかった。

魔法で竜を牽制し、祭壇の近くに釘付けにする。

「さすが、魔法で戦争してた国が統合しただけあるな……」

魔法を使っての戦い方が堂に入っている。竜の怒りの咆哮が響き渡ったが、その爪先だけで大人一人分はありそうな竜を前に、誰一人として怯まない。

王女が口を開いた。呪文の詠唱が始まる。

「ヘクトセイド　ネードフラード　イスタ　トーム　デイ　ハリア――」

王女は手にしたナイフで空中に図形を描き、空へと掲げた。

「……なんだ？　雲が……」

王女に呼ばれたように集まってくる。

猛獣の唸り声のような雷鳴が、雷雲の中からごろごろと空気を揺るがした。

「あれは……〈雷槍〉！　狩猟の章第十頁だと⁉　もはや高等魔法の領域ではないか……！」

「すげぇ事なのか？」

「【ゼロの書】の魔法は、先の頁に進むほど強力になり、制御も難しくなると前に説明しただろう。ろう。ウェニアスの主席魔法使いたるわっぱが扱える最高位魔法が〈炎縛〉――すなわち第六頁と言えば、王女がどれほどの無茶をやらかしているか分かるだろう？」

「大丈夫なのかよ、それ」

「さあ、分からん。だが――」

ゼロが喉を震わせ、珍しく硬い笑みを浮かべた。

「恐ろしいものだな、才能というのは……アルゲントゥムが我輩に託したくなる気持ちも分かる」

あれは危険だ、とゼロは実感を込めて呟いた。

その時、急に暗闇の中で悲鳴が上がり人が倒れた。

なんだ？　と思う間もなく立て続けに悲鳴が上がる。

「傭兵、今のは……？」

「分からねぇが……様子がおかしい。何かに襲われて――」

こんな状況で野盗が出るか？　それとも野生動物が乱入でもしてきたか？

暗闇に目を凝らし、あ、と俺は声を上げた。

暗闇の中で翻る、白い刃。黒いローブ。そして――翡翠の髪。

「で……〈女神の浄火(デア・イグニス)〉の裁定官⁉」

「なんだと⁉　なぜ神父が今、よりによってこの場所に現れるのだ！　高位の魔法は呪文も長い、その間王女は完全に無防備だ……！」

　まさに、最悪の組み合わせだった。竜は教会にとって神聖な生き物だ。それを、魔法で殺そうとしている。そんな状況に〈女神の浄火〉が居合わせたら、邪魔しないわけがない。

「乱れ狂う黒雲の玉座より　来たれ　雷光を纏(まと)いし霹靂(へきれき)の王――！」

　王女の詠唱を強風の向こうに聞きながら、俺は剣を抜いて駆け出した。

　どうする気だ、とゼロが呼ぶ声に「ほっとくと全滅する」と怒鳴り返す。

　俺より先に異変に気付き、神父をその目に捉えている魔法兵団が一人いた。――誰(だれ)あろう、魔法兵団長のゴーダだ。

　襲撃者(しゅうげきしゃ)に気付いて恐慌し、逃げようとして倒れた魔法兵の一人を庇(かば)ってゴーダは前へと飛び出した。

　流れるような動作で腰の剣を引き抜き、神父の大鎌(おおがま)を切り払う。魔法兵団のくせに、剣の扱いに迷いがない。

　鎌の切っ先が地面に突き刺さり、神父の体が大きくよろけた。

だが神父の武器は大鎌(おおがま)だけじゃなく、むしろ鎌から伸びる細くて頑丈な糸の方が厄介だ。

キュウ、と糸が軋(きし)む音が空気を震(ふる)わせた。何本もの糸が踊り、ゴーダの首を狙ってかがり火に光る。

俺は空中にナイフを踊らせてそれらの糸を絡め取り、ゴーダを安全な場所に突き飛ばしてから糸ごと神父の体を引き寄せた。

「な、んッ――」

強引に引き寄せられてよろけた神父に、俺は可能な限り穏(おだ)やかな笑顔を浮かべてみせる。

「お久しぶりだな、神父様。まさかこんなところでこんな風に再会するとは――状況とか、人様の迷惑ってもんをちっとは考えて現れろ迷惑神父！」

いつもは眼帯に隠されている両目が、俺の挨拶で驚愕(きょうがく)に見開かれる。

「お前は……いつかの獣堕(けものお)ち⁉　なぜお前がここに……まさか私の後をつけてきたのではないでしょうね……！」

「んなわけねぇだろ！　竜に船を沈められて流れ着いたんだよ！」

「そのまま沈んで死ねばよかったのに」

「なんだとてめぇ！」

いかにも聖職者らしい暴言を吐いて、神父は糸を緩(ゆる)めて俺から飛び退いた。

それを追って深く踏(ふ)み込み、着地したばかりの神父に思い切り剣を振り下ろす。

神父はそれを大鎌の持ち手で防ぎ、深く腰を落として持ち堪えた。そのままジリジリと剣を押し付けると、神父が舌打ちと共に床を転がる。

「この馬鹿力の化物がッ……手が痺れたじゃないですか！　今はあなたと遊んでいる暇はないんですよ！」

「こっちとしても、竜が死ぬまで付き合ってもらわにゃ困るんでな……！」

舌打ちをひとつ残しただけで、神父は俺から離れて王女のところへ向かおうとする。

その背中に腕を伸ばして襟首を引っつかみ、引き倒した。無様に倒れた体を膝で押さえつければ、細い神父はもう動けない。俺は勝利の愉悦を込めて言い放った。

「残念。時間切れだ」

王女の詠唱が終わる。

「万物を焼き尽くす迅雷の担い手よ　遍く大地の千を貫く　汝が佩槍の接吻を！　狩猟の章第十頁――〈雷槍〉！　承認せよ！　我が名はアムニル！」

空に掲げたナイフを振り下ろし、その切っ先で竜を指す。

瞬間。

凄まじい雷鳴が轟き、落雷が竜の体を貫いた。首を絞められた鳥のような甲高い悲鳴を短く

上げて、竜が仰け反り、崖の下に落ちていく。

どう、と重い物が地面に叩きつけられる音が上がり、静寂がしばし。

「傭兵！」

様子を見ていたゼロが、状況が落ち着いたのを見てとって俺に駆け寄ってくる。

「おう、無事だ。お姫さんも上手い事やったじゃねえか。竜も死んで、文句無しだ」

「まだだ！　雲が散らない――！」

雲、と俺は空を見る。

王女の魔法で作られた雷雲は散るどころか、先ほどより遥かに分厚く、そして広く垂れこめているように見える。

「あれが――」

どうかしたのか、と俺が問う声と、王女の絶叫が重なった。人間の声とは思えない動物めいたその悲鳴に呼ばれたように、突然無数の落雷が降り注ぎ始める。

俺達の近くの木にも雷が落ち、俺は神父の体を引っつかんで倒れてくる木から大きく距離を取った。

「なんだ⁉　なんでお姫さんは俺達を攻撃してるんだ⁉」

俺が悲鳴じみた声を上げると、ゼロが凄まじい雷鳴に耳を塞ぎながら「違う」と怒鳴り返した。

「魔法が制御できていない……！　やはり、まだ高位魔法を扱うのは早すぎたか！」

「つまり⁉」

「暴走しているのだ！　〝誰か〟が王女の魔法を無理やり止めねば、王女の魔力が尽きるまで魔法が発動し続ける！」

「誰かって……！」

「――我輩のほかにいると思うか？」

いるわけないよな、そうだよな。

「よく分かった。――おい兵団長！」

降り注ぐ雷に誰もが混乱するなか、ゴーダは俺の声に気付いてすぐに駆け寄ってきた。

「一体何がどうなってる？　こんな魔法だとは本に書いていなかったぞ！」

「文句は後だ！　この状況をうちの魔女がどうにかするから、それまでこの殺人神父を押さえとけ！　なんなら縛って転がしとけ！」

俺は神父をゴーダに向かって突き飛ばし、ゼロを抱き上げて祭壇へと駆け出した。

「魔法を止めるとは言うが、どうするつもりだ！」

俺が落雷に負けないように大声で怒鳴ると、ゼロも負けじと怒鳴り返す。

「王女の魔法を〈却下〉するしかない！」

高い魔力を持つ者が、未熟ゆえに魔法を暴走させる。それを恐れたゼロが【ゼロの書】に仕組んだ仕掛けは二つ。

一つは不正確な呪文を記し、未熟な魔女には高位の魔法が使えないようにする事。

そしてもし〝獣堕ち(けものお)の首〟やら〝獣堕ちの血〟やら、不気味でおぞましい贄(にえ)の補助を使い、分不相応な魔法を発動させ、あまつさえ暴走させてしまった場合、魔法を強制的に打ち消す事ができる〈却下〉だ。

雷雲はその間にもみるみる広がっていき、島全体を飲み込みそうな勢いだ。

祭壇に続く階段に足をかける。と、その途中にラウルが倒れていた。

駆け寄ってみると、肩から胴体にかけて服が黒く焼け焦げていた。暴走に気付いて王女に駆け寄ろうとしたところを、雷にやられたらしい。

「息はあるが、ここは危険だ……傭兵(ようへい)、馬のを祭壇の下へ。君でなければこの巨体は動かせない……！」

「お前はどうするんだよ！」

「このまま祭壇へと向かい、王女を止める！　――心配するな、行け！」

言うなり、ゼロは階段を駆け上がっていった。

ゼロを追うか、ラウルを助けるか――一瞬(いっしゅん)迷ったが、俺はラウルの体を抱え上げた。重さ的にも、体の構造的にもラウルを担ぎ上げるのは不可能だが、なんとか祭壇の下まで引きずっていく。

するとゴーダの率いる魔法兵団の連中がわらわらと寄ってきて、俺を手伝ってラウルを抱え上げた。

「お、おい……！　どこに運ぶ気だよ！」

「ギィが魔除けの結界を張った。気休め程度だが、少しは雷を避けられる。——姫は？　どうにかするとか言っていたが、まさか殺す気じゃないだろうな！」

最悪の場合はそれもあり得るだろうが、俺はあえて答えなかった。ゴーダは忌々しげに罵り声を上げたが、魔法の暴走なんて非常事態になっちまったら、ゼロに頼るしかない。

今も王女の悲鳴は雷鳴と共に空に響き続け、俺達全員の不安を煽り立てている。俺は魔法兵団にラウルを託すと、再び祭壇を目指して駆け出した。

「おい、どこへ行くんだ！」

「魔女んところだよ！　一応雇い主なんでな！」

馬鹿な、とゴーダが叫んだ。

「祭壇の上だぞ！　雷は高いところに落ちるものだと知らないのか⁉」

それくらい知ってるっつーの、とは心の中で怒鳴り返しておく。

俺が行ったところで何ができるかは分からねぇが、ゼロが危険な場所にいるのに俺だけ結界の中でぼんやりしてるわけにはいかない。

ゴーダの目も「行ったところでお前に何ができる」と聞いていたが、そんなもん、実際に行ってみなけりゃ分かんねぇだろうが。

雷の勢いはますます激しさを増し、祭壇の近くの木が何本も落雷にやられて燃えていた。階段の中ほどに倒れ込んで道を塞いでいる木もあり、鋭く突き出した枝にゼロの外套の切れ端が引っかかっている。

その枝を掴んで木の幹によじ登ると、一滴の雨がぽたりと俺の鼻に落ちてきて、俺はピンと耳を立てて空を見上げた。

「雷に――雨かよ……！」

こいつは本気で全滅するかもしれんな。

苦笑して、俺は倒木を乗り越え、最後の一段を駆け上がった。

視界が開けた瞬間、ゼロの背中が目に入った。その向こうには蹲って悲鳴を上げ、もがき苦しむ王女の姿が見える。

その、異様――。

「なんだ、ありゃ……」

雷の檻が、王女を捕らえているようだった。王女の周囲を雷がでたらめに行き交い、絡み合い、とても近付ける状況じゃない。

「――魔女アムニルに力を授けし霹靂の王に命ずる！」

力強い言葉と共に、ゼロは指を噛み切った。その手を鞄に突っ込んで、黒ずんだ血の染み込んだ布を引きずり出す。——あの布に染み込んでいるのは俺の血だ。

ゼロはその布に自分自身の血も染み込ませ、宙に放る。布は空中で青い炎に包まれ、燃え尽きた。その灰が王女の周囲に漂う煙を取り囲む。

その瞬間、空に光る稲光——。

「やべッ——伏せろ魔女！」

あの雷が落ちる——と。思った瞬間、俺は咄嗟に剣を引き抜いた。ゼロを祭壇に引き倒し、剣を空に向かってぶん投げる。

地面が揺れるような雷鳴と共に空から光が駆け下りてきて、投げた剣に直撃した。

落雷に剣が弾かれ、祭壇に落ちる。

うぐ、と低く呻いてゼロが目を開けた。

「傭兵……？　何をして——」

「話は後だ、とにかく仕上げろ！」

そうであったとゼロは立ち上がり、王女を睨む。

そして、

「捧げし血の贄を以って、魔女アムニルが行使する全ての魔法を〈却下〉する！」

承認せよ、とゼロが高らかに叫んだ。

「我はゼロなり！」

閃光が祭壇を包み込んだ。王女を捕らえていた雷が弾け飛び、鼓膜が破れそうなほど鳴り響いていた雷鳴がぱったりと止まる。

「雷が……収まった……？」

空を見上げる。——と同時に、急に雨足が強まった。いつもならばうるさく感じる、ざあざあと降りそそぐ雨の音が、今はやけに静かに思える。

「……助かっ——」

助かった、と俺が肩を落としたのと、崖の下から竜が飛び出してきたのとは、ほぼ同時の事だった。

——まだ、生きてる。

それどころか、竜は怒りに血走った目で俺達を睨み据えた。溶岩の中に住むという灼熱の体は、雨を受けて真っ白な湯気を立ち上らせている。

逃げるか？　戦うか？　——いや、無理だ逃げよう。

俺は倒れた王女の体を掴んで引き寄せる。すると竜が大きく体をくねらせ、大口を開けて咆哮し、俺達を威嚇した。

一瞬、死を覚悟する。

だが竜はどういうわけか、俺達に襲い掛かる事をせず、恨めしげな呻き声を残して山へと飛び去っていった。

3

魔法の暴走で倒れた王女と、雷の直撃を受けたラウルと、神父に襲撃された魔法兵団——その全員をアルタリア城内に運び込み、ゼロによる魔法治療もあって奇跡的に誰も死なせずに済んだ。

だがそれでも、失敗した——というのが現状の全てだった。

竜は殺せず、王女は魔法の暴走の影響で魔法を失った。ゼロが王女の魔法を全て使えないようにしたせいだ。

王女に何をしたのか、何が起こったのか。それをゼロが説明すると、当然ゴーダはゼロにくってかかった。

「なぜ全ての魔法を封じる必要があったのだ！　あの一時だけ魔法を押さえ込む事はできなかったのか……!?　この国において、姫の魔法がどれほど重要か、お前達には分かっていないいんだ！」

「君こそ、魔法の暴走がどういう事か、まるで理解していない。魔法が暴走したという事は、制御する力が〝壊れた〟という事だ。一度壊れた魔法使いは、二度目、三度目と暴走を引き起こす可能性が極めて高い」

「ではお前は、魔法の暴走を引き起こした魔法使いを幾人も見てきたと？　その誰もが、何度となく魔法を暴走させたと言うのか？」

「いいや。ここまで高位の魔法を使い、暴走させたのは王女が初めてだろう。――だが、魔術の暴走で死んだ魔女や、滅んだ国の話なら枚挙に暇がない」

「魔術と魔法は違うものだろう……！」

「根本的には同じものだ。魔術は悪魔を召喚し、魔法はその力だけを引き出すという違いはあるが、どちらも悪魔の力なのだぞ、兵団長。暴走すれば世界が危険に晒される。島を覆う暗雲を見ただろう？　我輩がこの島を去ったあと、もし再び王女が魔法を暴走させたらどうなる？この島だけの問題ではないのだ」

「しかし……！　では、これからどうやって竜に対抗しろと言うんだ！　一体何のために俺が――」

「最初から、我輩はそのつもりだと言っておいたはずだ。必要とあればこの島から魔法を奪うと。今までは竜を倒すための猶予を与えていたに過ぎない。そしてそれにしくじった。それだけの話だ。ここからは我輩がやる。竜を倒すのも、全てな。しかる後、民には王女が成功させたと話せばいい」

「そんなに簡単な話ではないだろう……！」

「簡単な話だとも、極めてな」

これ以上話す事はないと、ゼロは話を打ち切ってゴーダに背を向ける。俺はそんなゼロの後を追いかけて廊下に出た。

ゼロは無言のまま早足で歩き続け、俺はその少し後ろを歩く。

ゴーダのいる部屋から十分に離れると、ゼロの歩調は明確に緩んだ。

そのまま数歩歩いて立ち止まり、ふっと肩の力を抜く。

「……王女は魔法を好きだと言った」

独り言のようなゼロの声に、俺は求められてもいない相槌を打つ。

「ああ、言ってたな」

「それを奪った我輩を、王女は許しはしないだろう」

「かもな」

「我輩は……」

言葉を止めて、床を見つめる。

なんと言ったらいいのか、言葉を探しているようだった。俺は黙って突っ立ったまま、ゼロが適切な言葉を見つけるのを待ってやる。

しばらくすると、ゼロは諦めたように息を吐いて俺を見た。

「よく、分からない」

それだけ言って、ゼロは再び長い廊下を歩き始めた。

この城は、アルタリアの敗戦が決まった直後に放棄され、以降誰も住んでいないという。

人の住まなくなった城というのはただでさえ陰気なのに、あちこちに竜の襲撃による爪痕が残っているせいでますます雰囲気が重苦しい。

崩れた天井に、砕けた壁。廊下に剣でズタズタに切り裂かれた肖像画が飾られていたが、たぶんこの国の王子を描いたものだろう。

敗戦国の王族は、戦勝国にとっては罪人だ。和平の条件が王族の処刑なんて事もざらにある。無能な王族なら尚更だ。

この持ち主のいない城で、朝まで体を休める事になった。

どの部屋でも自由に使ってかまわないという話だったので、俺とゼロはありがたく厩を使わせていただく事にする。

正直言って豪勢な部屋よりもこっちの方がよほど落ち着けるし、近くに人の気配が多くても深く眠れない。

厩は全部で三棟あり、俺達の正面の厩には怪我をしたラウルがいるはずだった。全ての怪我人の中ではラウルが一番の重傷者で、そういう意味でもゼロが近くで休んでいた方が安心だろう。

とはいえゼロは寝床の環境を向上する事に努力を惜しまないようで、魔法でよく乾かした藁を分厚く積み上げ、どこかから調達してきた布をその上にかぶせて寝床の準備を整えている。

俺は藁の上に転がればそれで十分なんだが、一応形だけでも手伝っておくかと、床に畳んでおいてあるシーツを拾い上げる。

「……って、おいこら魔女！　この布、絹じゃねえか！」

どこの部屋から持ってきた。間違いなく貴人の部屋のシーツだぞ。

「通りがかった部屋に、肌触りがよい物があったのでな。厚みもあって、これなら藁もチクチクしない。枕も調達してきたぞ」

「もう厩なんだか高級宿なんだか分かんねぇな……」

「高級厩でいいではないか。ラウルの家も似たような物だっただろう？」

楽しげに言って、ゼロは外套を着たままえいやと即席の高級ベッドに体を投げ出した。そのままごろごろと転がってしばし絹の肌触りを堪能し、急にむくりと起き上がる。

「……なんだ、どうした？」

「想像以上に素晴らしすぎて、恐怖を覚えた。これは眠ったら最後永遠に目覚めない、危険な悪魔の罠やもしれぬ。そんな文献をどこかで読んだぞ」

真剣な表情で青ざめてみせているが、いつものくだらない冗談だ。

無視してゼロの横にのそのそと横たわり、これまたゼロが調達してきたらしい最高級の毛布を頭からかぶる。

「こら傭兵。何を勝手に一人で寝ようとしているのだ。我輩を入れるのを忘れているぞ」

「なんでだよ……お前自分の分の毛布持ってきたじゃねえか」

「それは二枚重ねにするためだ」

当然だろう、と呆れたように言い放たれて、俺は仕方なく毛布を上げてゼロを入れる。

「ああ、すでにとてつもなく暖かい。やはり、君がいなければ我輩の寝床は完成しない」

くすくすと満足げに笑うゼロは、まるでいつも通りだ。

いつも通り過ぎて逆にこっちの調子が狂う。

「お前、落ち込んでたんじゃなかったのか……？」

「落ち込む？　なぜ我輩が」

「違うなら、まあいいんだけどよ……」

「王女の魔法を〈却下〉した話か？」

「他に心当たりがあるのか？」

ないな、とゼロは小さく笑った。――って事は、やっぱり少しは落ち込んでいる自覚があるらしい。

「落ち込んでいるのとは、少し違うように思う。我が愚兄十三番に同門を皆殺しにされた時も、我輩は落ち込みはしなかった。――けれど、少しそれに似ているかもしれない」

「似てるって？」

それは、と答えかけて、ゼロは苛立たしげに舌打ちした。

「……だめだな、やはり。感情というのは、上手く説明ができない」

「そりゃそうだ」

言葉にできない感情もあるって事くらい俺でも分かる。

するとゼロは少しだけ安心したように「そうか」と言って、それでもどうにか言葉を見つけたようだった。

「王女との魔法試合は……愉快だった……と、思った。王女の魔法を〈却下〉した時、もうそれができなくなると思うと、少しばかり残念だと……そう思ったのだ」

それだけだ、と呟いて、ゼロは静かに眠り始めた。

4

雨は夜通し降り続け、朝になってもまだしとしとと地面を濡らしていた。

俺は厩からもぞもぞと起き出して、降りしきる雨に髭をひくつかせる。

俺より先に目を覚ましていたらしいゼロが、パンをむしゃむしゃと頬張りながら窓の外をうかがっていた。俺が起き上がったのを横目で見ると、抱えていた袋からパンをひとつ投げてよこす。

ありがたくかぶりつきながら、俺はゼロの後ろに立って窓の外を覗き込んだ。

「何か見えるのか？」

と、言ったつもりだが、俺の口からはもごもごという音だけが溢れる。

ゼロは子供でも見るような目つきで俺を見て、

「――ふぉうふぉふぁ」

と、言った。ゼロは顔を顰めて、ミルクでパンを流し込む。

「王女が目を覚ましたらしい」

はっきりと言い直し、ゼロは城の方を指差す。

すると、よろけながら厩に向かって走る王女の姿が見えた。その後ろから、ゴーダが血相を変えて追いかけてくる。

「ラウル！　ラウルはどこにいるのです！」

「厩で休んでいると言ったでしょう！　姫！　部屋にお戻りください。あなただって出歩けるような状態じゃないんだ！」

「ラウルはわたくしの目の前で、雷に撃たれたのですよ？　わたくしの魔法で！　それで、どうしてわたくしだけが休んでいられるというのです！」

冷静沈着な王女とは思えない取り乱し方だった。目が覚めて、着替えもせずにラウルを探して部屋を飛び出してきたんだろう。この雨の中、王女は薄い寝巻きしか着ていない。

不安と混乱で青ざめた表情で、王女はラウルが休んでいる厩にたどり着く。

まるで、親を探して泣く迷子の子供だった。戸を開けるのももどかしく中に飛び込み、王女はラウルの名を呼んだ。

俺とゼロも外に出て、ゴーダと一緒に王女の後を追ってラウルの厩に入る。

「ラウル！」

「——ここに」

答えがあって、王女はぱっと表情を和らげる。厩の一番奥で横たわるラウルに駆け寄って、王女はその傍らに膝を突いた。

ラウルの両頬を包み込み、お互いの額を合わせる。

「よかった……本当に生きているのですね？　ああ……よかった……！　わたくしが殺してしまったかと……！」

「僕なら大丈夫です、姫様」

「けど、わたくしの魔法が——」

「我輩が治療したのだ。心配せずとも、傷跡ひとつ残ってはいない」

ゼロの言葉に、王女ははっとして振り返る。

それからようやく自分の格好を思い出したのか、ゴーダに「上着を」と短く命じた。

ゴーダは深い溜息と共に上着を脱ぎ、王女の肩にかけてやる。それを胸の前でかき合わせ、王女はなけなしの威厳をかき集めてまっすぐにゼロを見た。

だがその表情はすぐに弱々しいものになり、王女は力ない笑みを浮かべて肩を落とした。

「……だめですね。虚勢の欠片も出てこない。ラウルは——いえ、魔法兵団も、わたくしも……あなたがいなければ死んでいました」

「礼を言われる筋合いはない。我輩が、我輩の利益のために、我輩の勝手でした事だ。暴走を止めねば我輩とて危険だったし、馬のや魔法兵は竜を倒すための戦力になり得る。竜を倒さねばならない以上、放置して死なれては我輩にとっても損し——」

つらつらと小難しい事を並べ立てるゼロの頭を、俺が軽く叩いて黙らせた。

「な、なぜ叩くのだ。我輩、何も悪い事はしていないはずだが」

「こういう時は、大人しく〝どういたしまして〟つっときゃいいんだよ。てめぇが勝手に助けたのと同じで、向こうが勝手に感謝してんだから」

頭をさすりさすり、ゼロは「ふむ」と呟いて王女に向き直る。

「……どういたしまして、だ」

と、わざわざ律儀に口にしたゼロを見て、王女が穏やかに眉を下げる。

「だが、礼を言うのは早いかもしれんぞ。我輩は君から魔法を奪った」

「〈却下〉ですね？　大丈夫、覚えています」

「ほう……？　では、納得しているのか？」

「それが最善でしょうから」

意外だ。もう少し反発すると思ったんだが――。

「あの時……わたくしの体は、わたくしの物ではなかった。意識はあるのに、意思とは関係なく魔法が止まらなくて……わたくしに駆け寄ってくるラウルが雷に打たれて倒れたのに、わたくしは何もできなかった」

わたくしは、と王女は苦しげに眉根を寄せる。

「魔法が恐ろしいと思いました。――ようやく、そう思ったのです。完璧に制御ができるなんて、子供じみた思い込みだった……！　魔法は世界を救う、素晴らしい技術だと、わたくしは信じて疑わなかったのです。けど、今は――」

「魔法など覚えなければよかったと……そう思うか？」

王女は表情を強ばらせた。

ゼロの表情は最初から最後まで冷たく凍りついているが、俺にはその横顔が、どうしてか妙に寂しげに見える。

王女はゼロを見つめ、それから自分の手を見つめた。

「前に、こう言いましたね？　この手に初めて魔法の炎を宿した時、世界が色づいたと。わたくしは魔法が好きだと」

「ああ、聞いた」

「変わらないのです。その気持ちは。わたくしは魔法が好きです。これほどの事をしでかして、大切な者を傷つけて……なのにまだ、わたくしは魔法が好きだと思っている」

愚かしいでしょう、と王女は呟いた。

愚かしいな、とゼロは答える。

「……だからこそ、わたくしにはもう魔法は使えない。〈却下〉などされなかったとしても、わたくしは自ら魔法を封じたでしょう」

「――ふざけるな！」

突然低い怒声が弾けて、思わず剣に手が行った。何かと思えば、ゴーダの怒鳴り声だ。

「魔法を失うのが〝最善〟？　〝自ら魔法を封じただろう〟？　――よく、そんな事が言えたものだなアムニル姫よ。この俺の前で、このアルタリアの城でよく……！」

理解した。と同時に、げんなりとした気持ちになった。

この国は――アルタリアは、後継者に魔法の才能がなかったから敗戦したんだ。ノーディスに無条件降伏し、吸収された。

だというのに、ノーディスの次期女王が「魔法を失ってよかった」などと言い出したら、そりゃ「ふざけるな」と言いたくもなるだろう。

「お前が魔法を失ったら、どうなると思っている。お前が魔法を使えるからと、お前に下った者達(たち)はどうすると思う？」

「ゴーダ……わたくしは、指導者には必ずしも魔法(まほう)の才能は必要ないと思っています。お前には何度もそう言っておいたはずです」

「だが、そうは思わない者もいる。お前が魔法を使えなくなったと知られたら、反乱が起こるぞ……！　また戦争が始まる！　なのにどうしてそんなに平然としていられるんだ！」

「そうならないために、お前がいるのです」

「俺にそんな力はないと分かっているはずだ！」

ゴーダは厩(うまや)の壁(かべ)を殴りつけた。

王女を庇(かば)うべきかと思ったが、部外者が割って入っていい雰囲気でもない。

「――前から疑問だったのだが、兵団長よ」

場の雰囲気などお構いなしに、ゼロが横から口を挟む。

ゴーダの苛立(いらだ)ちの表情をものともせず、ゼロは首を傾(かし)げて、聞いた。

「ならばなぜ、魔法を使えない君が、魔法兵団長などをやっているのだ？」

5

……は？

「はぁあぁあ⁉」

あまりに予想外過ぎて、思い切り大声で聞き返した。

するとゼロが嫌そうに顔を顰めて、

「叫ぶのは構わないが、もう少し場の空気を読め」

と文句を言う。

チクショウ、言い返せねぇ。

「つっても、魔法兵団長だぞ？　それが魔法を使えないなんてアリなのかよ！」

「では君は、兵団長が魔法を使ったところを一度でも見た事があるか？」

そう言えば、ない。魔法試合の時も途中からいなくなっちまったし、神父とやりあった時もゴーダは剣を使っていた。

っていうか、そもそもゴーダは最初からずっと、いかにも剣士でございという感じだった。

全身を鎧で固め、腰には常に剣を下げていた。

他の魔法兵団達がゆったりとした法衣を着ているにも関わらず、だ。

さらに、自分は最も魔法兵団長にふさわしくないとも言っていた。

「な……なんでお前が魔法兵団長やってんだ？」

俺はゼロとまったく同じ質問を繰り返した。それは、とゴーダは口ごもる。突かれたくない部分らしいが、ゼロは容赦なく切り込んだ。

「我輩の予想が正しければ、兵団長。——君は王だ。この国アルタリアの、魔法を使えない後継者。それが君だったのではないか？」

「はぁあぁあ⁉」

もう、何がなんだか分からない。空気など読んでいられない。

この国の後継者を殺したと言ったのは、確かゴーダじゃなかったか。

だが思い返してみれば、後継者はどうしているのかと聞いた時、ゴーダは「俺が」と言いかけた。

あれはひょっとすると、「俺がそうだ」と言おうとしたんじゃなかったか。

だが自分の立場を恥じ入って、殺したと嘘を吐いた。——あるいは、ノーディスの王女に下る事で、〝アルタリアの王〟を殺したという意味か。

「いかにも、そうです」

ゴーダの代わりに、王女がゼロの言葉を肯定した。するとゴーダの表情はますます苦々しげに歪む。

「ゴーダは魔法の才を持たぬ事を嘆き、国民の反対を押し切ってわたくしに終戦を申し入れました。それは最善の選択だったと言えるでしょう。——ゴーダが王では、戦争に勝てなかったからではありません。竜という敵を前に、戦争などしている場合ではなかったから、終戦は最善だったのです」

だから、と王女は疲れたように息を吐く。

「わたくしは自国の民も、アルタリアの民も平等に扱いました。魔法の才能があれば魔法兵団に入れ、その長にはゴーダこそがふさわしいと判断したからそうしたのです。魔法兵団の大半は、元がアルタリアの人間ですから……」

「綺麗事はそこまでだ！」

また、ゴーダが声を荒らげて王女を睨む。

「俺は俺の処刑を求めたはずだ。それが敗戦国の王の最後の努めだ。俺の王としての唯一の誇りだった！　だが、お前は生きて恥を晒せと言った。でなければ我が国の民は奴隷として扱うと、そう言って俺を脅したのを忘れたか！」

「わたくしがお前を処刑したら、お前の国の民は我が国の民に奴隷として扱われると言ったのです。お前が停戦を申し入れ、わたくしは受け入れた。そしてわたくしは、お前を地位のある立場に置く――こうでなければ、敗戦国の国民がどれほどみじめな立場に置かれるか、お前には想像ができないのですか？　だからお前は考えが足りないというのです！　能力は高いというのに、なぜそうも自分を卑下するのですか！」

「この国では魔法が全てだからだ！　それが分からないのは、お前に魔法の才能があるからだ……あったからだ！　これからお前は知る事になるぞ。この国において、魔法が使えないという事がどういう事かな！」

絵に描いたような捨て台詞を吐いて、ゴーダは足音も荒く厩から出て行った。

あーあ、と他人事のような声を上げてその後ろ姿を見送り、俺は王女に向き直る。

「どうも、複雑な事情がおありだったようだな」

「複雑な事などありませんよ。全てが極めて単純かつ明快です。──感情というものさえ考慮しなければ」

感情か、とゼロは天井を見上げた。

「最も厄介な問題だな」

「ええ。優先するには不条理過ぎて、無視をするには大きすぎる」

「ゴーダ様は、目の前でたくさんの部下や、父王を竜に食い殺されました。自分に魔法が使えれば救う事ができたのにと、そう思っているんです」

ラウルが悲痛な表情で、見えなくなったゴーダの背中に視線を投げた。

「わたくしは、ゴーダが最後まで父王に抵抗し、竜の討伐に反対していた事を知っています。そしてそれを、魔法を使えないがゆえの臆病風だと揶揄された事も。それは、確かに魔法がもたらした弊害でしょう……ゴーダの言う事も一理はある」

王女はゴーダから借りた上着のボタンを、意味もなくいじりながら俯いた。

「ですがゴーダが魔法を使えたとしても、結果は変わらなかったでしょう。アルタリアは竜を目覚めさせ、多くの命が失われた。誰か一人が魔法を使えたからといって、竜は倒せない……

事実、わたくしは倒せなかった」

王女の魔法は暴走したが、確かに竜を貫いた。だが、竜はまだ生きている。

それとも、と王女は辛そうにゼロを見た。

「あなただったら……たった一人の力で、竜を倒せてしまうのかしら」

「さて、どうだろうな。我輩も竜を殺した経験はない」

だが、とゼロは外套を翻して王女に背を向けた。

「なんにせよ、やるしかない。君は戦えぬ者を連れてノーディスへと戻り、写本を用意しておけ。竜を倒したその時に、二冊の写本を返してもらう」

「写本を……？　そう……やはり、わたくし達には過ぎた技術という事なのですね」

「それは君次第だ」

「――え？」

「回収した写本をその後どうするかは、返してもらってから決める。考える事だな。今後魔法をどう管理し、いかに広め、いかに制御するか。それで我輩を納得させてみるがいい」

6

厩を後にしてゴーダを追いかけると、地下牢の入口にたどり着いた。

丁度ゴーダが中に入るところで、その手には食料の詰まった籠が提げられている。

「……ああ、神父の飯か」

昨晩捕らえた神父は、ぐるぐるにふん縛って地下牢に転がしてあるはずだ。ピンと来て声を上げると、ゴーダがぎくりとして足を止め、振り向くなり露骨に嫌そうな顔をした。

「何をしに来た」

「魔法の使えない魔法兵団長をからかいに」

「帰れ！」

怒鳴ったゴーダと俺の間に、ゼロが静かに割って入る。

「そんなわけがないだろう、兵団長。冗談が過ぎるぞ、傭兵」

「前に、獣臭いとか罵られたんでな。ちょっとくらい仕返しをな」

「姿が醜い上に、心も醜い」

舌打ちと共に、ゴーダがごく自然に罵声を浴びせてくる。俺はそっと剣に手をやった。

「言ってくれるじゃねえか……やる気なら殺るぞコノヤロウ！」

「じゃれるな、傭兵。話が逸れる。竜退治の話だ――諦めたわけではないのだろう？」

ゼロの言葉に、ゴーダは眉間の皺を深くする。

「……無論だ。竜を狩るか、俺達が滅ぶかの瀬戸際なのだからな」

「ならばよし。我輩も大手を振って、竜退治のために君達をこき使えるというものだ」

「……俺達に力を貸す、と？」

「間違えるな、兵団長。君達が我輩に力を貸すのだ。――神父に会いにいくのだろう？　では下りよう。アレは我輩達とも見知った仲だ」


牢獄ってのは基本的に、罪人が逃げにくいように出入り口が小さく作られてるもんだ。

俺の体からするとかなり窮屈な階段を下り、肩が引っかかりそうなほど小さな扉を抜け、ずらりと並んだ地下牢の前に立つ。

神父が放り込まれているのは一番手前の房だった。

「このまま飢え死にさせるつもりかと思っていましたが、違ったようですね」

神父の房の前に立つなり、開口一番が嫌味とくる。

鎖でがんじがらめにしてあったはずだが、神父は部屋の隅に悠然と腰を下ろしていた。関節を外して自力で抜け出したらしい。

俺達が入ってきた事で地下牢全体に光が入り、神父は眩しそうに顔を伏せた。

神父は夜目が利く代わりに、光があると逆に周りが見えなくなる。しかも光で目が痛むらしく、黒い法衣のどこかから革の眼帯を取り出して、きっちりと両目を覆った。

「すまなかった、神父様。食料と水を届けるように言ってあったんだが、いろいろ立て込んでいたせいで忘れたらしい」

「嘘ですね」

ゴーダの形ばかりの謝罪を、神父ははっきりと否定する。

「私を牢獄に放り込んだ者は、あえて明かりの一つも残さずに出て行きました。私は暗闇でも周囲が見えるので逆にありがたく感じましたが、いつ迎えが現れるとも分からない暗闇の中に取り残される者の気持ちは誰にでも想像ができる。水と食料を与えよという命令を受けていた者が、私をここに入れたのと同一人物だとするのなら——結論はひとつ。わざとです」

相変わらず、凄まじく口の回る神父だ。

ゴーダは頭痛をこらえるようにそっと眉間を押さえると、パンと果物と水の入った籠を、鉄格子の下部にある小さな窓から牢の中に押し込んだ。

「確かに……わざとだ。あえて届けなかったと、先ほど報告を受けた。あなたは魔法兵団に嫌われている」

「嫌っているからと言って、暗闇に閉じ込めて水も食料も与えないのは人道的とは言えませんね。神の教えが存在しなくとも、幼子が親に教わる事です。それとも〝魔法〟とやらを記した本には、捕らえた者は飢えさせて殺すべしと書いてあるのですか？」

それならば納得です、と勝手に納得し、神父は食料の入った籠を杖で引き寄せる。

神父の武器はこの杖だ。

今は何の変哲もない杖にしか見えないが、内部に刃が隠されていて、戦闘時には大鎌に変形させられる。

　本来だったら取り上げるべきなんだが……杖は頑丈な糸で神父の指輪に繋がっていて、その指輪は指そのものにガッチリと固定されている。つまり、指を切断でもしない限り外れない。

「君は相変わらずのようだな、神父よ」

　ゼロが感情のこもらない静かな声で言うと、神父が少しだけ穏やかな声を出す。

「お嬢さんもご一緒でしたか。……まだそのケダモノとの旅を続けているんですね？」

「無論、我輩はいつでも傭兵と一緒だ。当然この先も傭兵と旅を続ける」

　神父はそんなゼロの言葉に「困った人だ」とでも言いたげに首を傾げた。

　それから、なんの警戒も躊躇もなく、籠に詰められた果物に齧り付く。

「毒とか警戒しねぇのかよ」

　と思わず聞くと、

「毒の入った食べ物を出す人間の態度くらい見極められます」

　と答えがある。

　そういえば、この神父は嘘を吐くのが――そして見抜くのが得意な裁定官とか言っていたか。

〈女神の浄火〉内での呼び名も〝隠匿〟で、神父の姿をせずに町に紛れ、魔女についての情報を集める事も多いという。

　神父が殺され、魔法が広まり、竜が暴れている島を教会が放置するとは思えなかったが――

まさかこいつが派遣されてるとはな。

おそらく、「黒竜島に竜が出た」という情報が教会に入った時点で、一番港に近い場所にいたのが、聖都アクディオスで聖女の裁定を終えたばかりのこの男だったんだろう。

しかし、なんだ？　やけに、ゼロの放つ空気が冷たく感じる。教会といえば魔女の敵だし、ゼロが神父に対して警戒するのは当然の事なんだが……。

「どうした？」

一応、訊いてみる。するとゼロはちらとだけ俺を見て、

「ここに裁定官がいて、この島には魔術師がいた。――そして、今はもういない」

そういう事だ、とゼロはごく静かに言った。

森の中に住む、星瞰の魔術師――アルゲントゥム。

ざわりと、全身の毛が逆立った。

まさか、と思う。そしてその「まさか」は、否定ではなく確信だ。

アルゲントゥムは自分の死を予言していた。自分は今日死ぬ運命だと言って、俺に首をはねろと言った。

俺が殺さなかった事でその予言は外れたと思っていたが、この島に神父がいたのなら。

俺達があの家から離れた後に、神父があの家に行ったなら。

「そう――この島に、もう、魔術師はいない」

神父は吐き気がするほど優しげな笑みを浮かべて。

まるで害虫は殺しておきましたよ、とでも言うように。

あの無抵抗のジジイを殺したと――。

こいつは、そう言っているのだ。

自分はいい事をしたのだと、何の疑いを持つ事もなく。

ゴーダが息を呑む音が聞こえた。

「まさか――貴様、魔術師様を……！」

「よせ、兵団長。これは神父だ。神父が魔術師を殺すのは教会の道理であり、世界の道理だ。

――この島の人間が、教会の神父を殺したように」

激高して前に出かけたゴーダの胸に手を当てて、ゼロはその体を押し戻す。

しかし、と言い募ろうとするゴーダに、神父が穏やかに笑いかけた。

「まさに、お嬢さんのおっしゃる通りです。それに魔術師〝様〟などと……地位のある人間が神父の前で、迂闊な事を言うものではありませんよ？　こうして牢に囚われていたとしても、私は〈女神の浄火〉の裁定官です」

「裁定だと？　笑わせる……！　この島の人間が魔法を使うところを、あなたはすでに見てきたはずだ。なら裁定はすでになされている！　あなたにとってこの島の人間は、すでに全員が異端者だ。今更迂闊な発言など――」

「早とちりをするものではありません。私は何も、この島の人間を全員処刑しようなどとは思っていません。忘れられがちですが、裁定官の仕事は魔女を殺す事だけではありません。その犠牲者を救う事でもあるのです」

「犠牲者……だと……？」

「あなた達の事ですよ」

神父は指についた果実の汁を舐めながら、杖の先でゴーダを指す。

「この島の人々が、あの魔術師に操られていた事は明白です。苦しむ民に甘言を吐いて惑わせるのは、外道の常套手段。しかしその諸悪の根源は、教会によって討ち取られた。みなさんもじきに信仰心を取り戻せるでしょう。そう……あなたのようにね」

青ざめて、ゴーダは牢から一歩離れた。

「俺が……なんだと言うんだ……？　信仰心など、とっくに、俺は……」

「あなたが私に向けている感情は、悪事を働いた信徒が神父に向ける感情です。後悔や、後ろめたさ、懺悔と、救いを求める心──そういうものです。生きるために信仰を捨てるふりだけはしても、その心の奥深くから女神の姿が消えた事はない。──さぞ、辛かったでしょう」

同情的な声で神父は言う。

まずい雰囲気を感じて、俺はゴーダの腕を摑んで後ろに下がらせた。俺は一介の傭兵で部外者だが、ゴーダは現状、王女代理だ。ゴーダが迂闊な事を口走れば、それは島を統べるノーデイスの総意とみなされるが、俺なら何を言っても部外者の戯言で済ませられる。

「確かに、こいつは敬虔な教会信徒だった。魔法だって使えない。よく見抜けたな、さすがは裁定官だ」

「それが私の仕事ですから。――まあ、大半は町の信者から聞いた情報ですけどね。表向きは国の方針に従っていても、彼らはみな魔法を恐れ、憎んでいます。魔法が広まってから、自分達は好きな仕事も選べないと」

「あー……魔法の才能がなかった連中か」

そりゃ、自分達は魔法が使えないのに、魔法が使える連中ばかりが優遇されるようになったら、不満に思う奴らも多いだろう。自分は才能がないんだと思うより、「自分は敬虔な教会の信徒だから、悪魔の技が使えないだけだ」と考える方が気持ちも楽だ。

そんな連中が神父と会えば、ここぞとばかりに不平不満を並べ立てるのは簡単に想像できる。たとえ、自分だって魔法の恩恵を受けていたとしても――だ。

「島の信者達が魔法によって虐げられているなど、許されない状況です。王女アムニルが魔術師にそそのかされ、神聖な竜を殺す計画を立てていると言うではありませんか」

「しょーがねーだろうが。竜はこの島の人間を皆殺しにしようとしてるんだ。殺らなきゃこっちが殺される」

「ならば島を竜に明け渡せばいいのです。船を呼び、民を乗せ、大陸へと移住する。簡単な話でしょう？」

「だーかーらぁ！　それができたら苦労はしてねぇんだよ！　竜が島に近づく船を沈めちまうから、島から出たくても出られ――」

はたと疑問に行き着いて、俺は神父に詰め寄った。

「っつか、お前……どうやってこの島に来たんだ！　竜に襲われなかったのか⁉」

「どうって……普通に船で来ましたが？」

「普通に船で⁉」

俺とゴーダの声が重なる。

「そ、そんなはずはない！　竜は賢く、船が物資や人員を乗せていると知っているんだ。それを沈めれば、我々が疲弊すると分かっているから……」

「ええ。ですから途中までは船で進んで、沖合から海図と方位磁針を頼りに小舟を漕いで」

それは〝普通に〟とは言わねぇぞ神父。断じて普通の上陸方法じゃねえぞ。

大型の母船から小舟で陸に乗り付けるのは確かに珍しい話じゃないが、見えてない島に向かって小舟で長距離移動は危険だし異常だぞ。

「……お前一人で漕いできたのか？」

「水夫は小舟でも黒竜島に近付きたがりませんでしたからね。……それが何か？」

目が見えないんじゃなかったのか、こいつ。ああ、光がダメなだけなのか。つまり夜なら普通に見えるのか。

つまりこいつは夜の海をたった一人で、小舟を漕いで上陸したのか。なるほどまったく普通じゃないが、〈女神の浄火（デア・イグニス）〉を相手に普通がどうのと言ったところであまりに不毛だ。

「しかし神父よ。君がこの島にこられたとしても、島の住民をこの島から逃がす事は現状では不可能だ。大型船が近付けば、船を竜に沈められる」

「では、小舟で少しずつ移送すればいいでしょう。母船の方に避難用の小舟が数隻ありますから、それを出してもらえば……」

「現実的ではないな。小舟の数もさほどあるわけでもないだろうし、全ての住民を運ぶには何往復もする必要が出てくる。それまで竜が大人しくしていてくれる保証もなく、仮に海上で竜に気付かれたら全滅する」

「確かに、難しくはありますが……」

神父は難しげに呻き、もごもごとパンを頬張る。

俺が言えた義理じゃないんだが、人の生き死にの話をしてるってのに緊張感が皆無だ。

「今しかないのだ、神父よ。王女の魔法によって竜は今、弱っている。今を逃せば、傷を癒した竜は今まで以上に人間を絶滅させようと躍起になるだろう。あるいはこの島を出て別の地へと飛来し、そこで人を殺すやもしれん」

「あ、そうか。あいつが飛んでっちまうって可能性もあるのか」

そりゃあまずいな。この島の人間が竜に襲われるのには、多少「自業自得」というような面もある。だが突然飛んできた竜に蹂躙されるのでは、あまりにも理不尽だ。

竜が飛ぶのは厄災の前触れ――か。それは単なる迷信ではなく、昔の人間が実感を込めて言い伝えた事なのかもしれない。

だから竜に手を出すな。決して竜を目覚めさせるな、と。

神父は少し悩む素振りを見せたが、あくまで首を縦に振らない。

「それでも……竜を狩る事は許されません。竜の怒りは神の怒り――逃れられないのならば、甘んじて死を受け入れるのが教会信徒の正しい姿です」

は、と。俺は軽く嘲笑した。

「さすが教会。相変わらずどうかしてる」

「存在自体がどうかしている獣堕ちに言われたところで、苛立ちすらしませんね」

苛立ちもしねぇなら、わざわざ言い返さなきゃいいじゃねえか。

俺と神父が悪意のこもった視線をぶつけ合うと、ゼロが呆れたように溜息を吐く。

なんだよ、喧嘩をやめないガキに対する母親みたいな溜息吐きやがって……。

「教会の方針はよく分かった。だが、我輩もここで死ぬつもりはないし、この島の人間が皆殺しにされるというのも、少しばかり不愉快だ」

「それは私も同意見ですが……」

「では、妥協点を見つけよう。──つまり、竜を殺さなければいいのだろう？」

「だから、竜を殺さなきゃ島から出られねぇんだっ──んぐ」

何を言い出すんだてめぇはと、俺は横から口を挟む。するとゼロが「つまらない横槍を入れるな」とばかりに、俺の鼻先に人差し指を押し付けた。

微妙に痛ぇし、屈辱的だ。

「傭兵に言われずとも、状況は我輩もよく理解している。沖合に神父を乗せてきた船がいるのだろう？　ならばその船が島に近付き、島の住民を乗せて立ち去るだけの時が稼げれば十分という事になる。竜を恐れて船の立ち寄らないこの島で、訪れるかも分からない助けを待つ必要はないという事だ」

「時を稼ぐって……まさか島の人間を避難させる間、竜を足止めしようってのか!?」

「まさか、と言うほどの話でもないだろう？　むしろあの竜を殺すより、どこかに閉じ込めて強制的に眠りについてもらう方が楽かもしれん」

ここで、ついにゴーダが耐え切れなくなって声を荒らげた。

「勝手に話を進めるな！　島を出ると簡単に言うが、一体どこに行けと言うんだ！　小さくとも、俺達はこの島で数百年の歴史を積み重ねてきた。それを捨てる事など、できるわけがないだろう！」

「では、この島で滅びるか？」

「なッ……！」

「仮に竜を殺したとしても、それを教会に知られれば、島の人間は残らず火刑に処されるだろう。一切の容赦なくな。仮にこの神父を殺して口を封じたとて、派遣した裁定官が帰らなければ教会は教会騎士団を派遣する——そうだろう？　神父よ」

「おっしゃる通りです。本来なら私を投獄した時点で教会への反逆ですが、今後心を改め、再び教会と共に歩む事を決めるのならば不問にしましょう。私は他の裁定官と違って、魔女をできるだけ多く殺せばそれで満足という性格ではありませんから」

何もせずに竜に殺されるか、竜を殺して教会に殺されるか、この島を逃げ出すか。

もしもこの神父を殺したとしても、神父からの報告がなければ教会は教会騎士団の派遣を決めるだろう。

生き延びたいなら、逃げる以外の選択はあり得ない。

「君にならば選択できるだろう？　兵団長——いや、アルタリア国王と呼ぶべきか？　あらゆる犠牲を最小限に抑えるために、処刑を覚悟して停戦を決めた君ならば」

「……無理だ。お、俺の一存では決められない。姫に判断を仰がなければ——」

「では、仰ぐがいい。民を道連れに自らも滅ぶか、この島を捨て、新たな地で生きる道を模索するか——どちらが〝最善〟であるかな」

選択肢は提示した。

だが、選択の余地はない。

「クソ……！　ノーディスで避難指示を出し、国民を納得させるには姫の力が不可欠だ。竜を倒すにせよ……足止めをするにせよ、俺には魔法兵団と共に戦う義務がある」

決まったな、とゼロは俺と頷き合った。

それから、籠の中身をきれいに食べ終えた神父に向き直る。

「――という運びだ。神父よ。君の襲撃で前線から離れざるを得なくなった者もいる。当然、その穴埋めとして協力を頼めるのだろうな？」

「もちろんです。信徒の命を守る事もまた、〈女神の浄火〉の聖務ですから」

六章　竜の思惑

1

その日の内に、王女は何人かの魔法兵団を伴ってノーディスへと戻っていった。王女にはもう戦う力は残っていないし、竜の討伐には足手纏いになる。

何より、住民を島から逃がすための準備を進めるには、王女にノーディスで指揮をとってもらうのが一番だった。

ゴーダから事情を説明され、王女が発した言葉はただ一言。

「それが最善でしょう」

それだけだ。

神父は牢から出されて自由の身となり、城の中庭に緊急招集された魔法兵団には、ゴーダから直々に「二度と魔法を使うな」という命令が下された。

当然反発はあった。特に、ギィとかいう元魔法兵団長の息子の反発は凄まじく、あれほど仲良さげだったゴーダに食ってかかり、その胸ぐらを摑んで殴りつけたほどだ。

「俺はあなたを尊敬してた。魔法が使えなくとも、あなたは魔法を理解してた。全ての呪文を暗記して、魔法の効果や特性まで理解して、その上で下されるあなたの指示を、俺達は頼りにしてたんだ！　なのに神父の言いなりになって、魔法を捨てろだなんて……！」

「島の民を守るためだ。竜から逃れてこの島を捨て、その先でまた生きるには、どうしても教会の協力が不可欠になる。幸いにも、こちらの神父様は我々が魔法を使っていた事実を不問にしてくださると言う。ならば従うのが得策――」

若い魔法兵は固く拳を握り締め、もう一度ゴーダの顔面を殴りつける。鮮血がぱっと地面に散ったが、ゴーダは切れた唇の血を拭いもしない。

「何が……教会だ。この島の神父が俺達に何をしたのか、あなただって忘れたわけじゃないでしょう？　あいつは飢えた民から〝神への供物だ〟と言って食料を取り上げ、魔法が広まり始めたら子供を捕らえて殺したんだ！　大人の真似をして、魔法の呪文を口にしただけで、一晩中鞭で叩いて寒空の下に縛り付けた！　魔法を実際に使っている大人には、恐れて近付きもしなかったくせに！」

僻地に飛ばされた神父が、本部の監視がないのをいい事にやりたい放題ってのはよくある話だ。神父個人は無力でも、その背後に巨大な教会組織がある――そう思うと、何の力もない農民や貧乏領主はそいつの命令に逆らえない。

「そんな連中に従うなんて……！　ずっと……本当は、ずっとこうしたかったんですか？　あなたは、ずっと魔法を禁じたかったのですか？　国王陛下や、魔法兵団長だった俺の父や、俺達の事を――ずっと異端者だと思いながら接していたのですか！」

「……違うな、ギィ。そうではない」

「だったら――！」

「俺は、俺が異端者だと思いながら生きてきた。この島に魔法が広まってから、俺の居場所はどこにもない」

若い魔法兵の表情が引きつり、強張る。兄に裏切られた弟のような顔をして、若い魔法兵は逃げるようにその場を後にした。

「おやおや……若さですかねぇ」

「元凶がどの面下げて〝おやおや〟とか言ってんだよ……」

「私のせいにされても困りますね。元凶は魔法を広めた魔術師です。そもそも、魔法などという外法が存在しているのが間違いなのですから」

俺はそっとゼロの表情をうかがったが、ゼロは何も聞こえていないような冷静さでゴーダと魔法兵団の成り行きを見守っている。

ゴーダが深く息を吐き、空を見上げた。

「我々が目指すのは、竜の住む〈禁足地〉だ。姫の魔法で傷を負った竜は、しばらく火山に留まり、その傷を癒すだろう。その隙に火口を爆破し、竜を火山に閉じ込める。聞いての通り、成功する可能性は高くない危険な任務だ。そして魔法を禁じた以上、お前達は非力な民と変わらない」

魔法兵団にざわめきが広がる。そんな魔法兵団を見回して、ゴーダは短く宣言した。

「よって、今日この場をもって、魔法兵団は解散するものとする！　竜の住む〈禁足地〉へは俺と、獣堕ち（けものお）、そして〈女神の浄火（デア・イグニス）〉のみで向かう！」

馬鹿なと、驚愕（きょうがく）の声が魔法兵団から口々に上がった。

「無茶です、ゴーダ様！　たった三人で何ができるというのですか！」

「相手は竜だ。百人だろうと、三人だろうと、さして事情は変わらない。ただお前達には最後の任務として、俺達の仕事を見届けてもらいたい。竜の足止めに成功した場合、合図として狼煙（のろし）を上げる。狼煙が上がったら急ぎノーディスへと戻り、船を呼ぶように姫にお伝え申し上げろ」

「魔法の使えない我々には、用はないという事ですか……？　なんの役にも立たないと」

「では逆に問うが――魔法を奪われて、お前達に何が残る？　魔法の才だけで集められた魔法兵団が、魔法を禁じられて何ができる」

しんと、沈黙（ちんもく）が落ちる。

ゴーダは苦々しげに視線を地面に逃がした。こんな問いなどしたくなかったとでも言うようだ。

肩を落とす魔法兵団の中で、声が一つ上がった、

「……俺は火薬が扱えます」

ゴーダは目を瞬き（しばたた）、声を上げた男を見る。

「……何？」

それに続いて、もう一人。

「あ、あたしは料理が作れるよ！　百人分の食事をいっぺんに、どんなとこでも作ってみせる。あたしはノーディス生まれだから、ゴーダ様は知らないだろうけど……あたし、魔法兵団に入る前は鉱夫の連中の飯を作ってたんだ！」

中年の女だった。男も、女も、年齢も関係なく、魔法兵団への入団条件は〝魔法が使える〟という一点のみだ。制服がなければ同じ団体に所属している人間だとは分からないほど、様々な顔が並んでいる。

また一人、行軍には向いていない細身の男が前へ出る。

「自分は薬草に通じています。〈禁足地〉で怪我をした時、何か役に立てるかも……」

「そ、それじゃあ俺は……俺は、ゴーダ様の命令に従えます！」

最後に上がった言葉で、どっと笑いが起こった。

それなら自分も、自分もと、何ができるかを口々に言い合う。

それをぽかんとして眺めていたゴーダは、眉間に深く皺を刻んで唇を嚙み締めた。

「じゃああたしは、あれがゴーダ様の笑いをこらえてる顔だって、言い当てられるわ」

「ッ——分かった！　もういい！　冗談はしまいだ！　とにかく、お前達はここに残れ。わざわざ死地に赴く必要はないんだ！」

「ほら、やっぱりだ」

誰かが鋭く上げた声は、冗談めかしているようで、責めているようにも聞こえる。

「ゴーダ様はまた自分だけで背負おうとなさってる。あなたはノーディスとの和平を決めた時だって、勝手に〝自分の命と引き換えに〟なんて条文をノーディスに送りつけた！」

「あなたはいつも、一番最初に自分を犠牲に差し出しなさる。俺達が失敗しても、姫には〝自分が間違った指示をした〟と報告する。あなたがどれだけ俺達を守ってくれてるか、俺達が気付いてないとでも？　そうでなきゃ、あなたみたいに顔が怖くて、不機嫌そうで、ぶっきらぼうで付き合いが悪い兵団長に、俺達が従うわけないでしょう。――魔法を使えば、俺達の方が強いのに」

「それに、私達の気持ちも考えてもらいたいもんですね。だって竜の足止めに成功したら、ゴーダ様は英雄だ。なのにその配下の魔法兵団は、城でのんびり待ってましたなんて……歴史に残る薄情者の大間抜けになってしまう」

そうだ、そうだと頷き合う部下達に、ゴーダはしどろもどろになりつつあった。

そうは言うが、とか、しかし危険が、とか言い連ねるが、昨晩の聖竜祭では完璧にゴーダの命令通りに動いていた連中が、今はまったく言う事を聞かない。

「失敗したら、どうせ竜に皆殺しにされるんだ。だったら少しでも力になって、少しでも作戦に貢献したい。俺が魔法兵団に入ったのは家族を守りたいからだ。最後まで守りたいし、それを指揮するのはゴーダ様、あなたしかいない」

苦しげな表情で拳を握り締めたゴーダの背中を、ぽんとゼロが叩いた。

「戦力は多いに越した事はないぞ、兵団長。それがやる気に溢れる、訓練された兵士ならば尚更だ」

「まあ……隊長の命令を疑わず、迅速に行動する〝集団〟ってのは強いもんだぜ。個人で見りゃ弱くてもな。人数が多ければそれだけ多くの火薬を運べるし、俺も楽ができる」

「指摘しておきますが、最後、汚い本音が出てますよ？」

てめぇはいちいち横槍を入れてくるんじゃねえよ、クソ神父――とは、心の中だけで言っておく。

神父はそんな俺から興味を削がれたようにゴーダに向き直ると、ギィが走っていった方向に細くて形のいい顎をしゃくった。

「このままいい雰囲気で終わりそうですが……調和を尊ぶ神父としては、彼を追いかけた方がいいと思いますよ？　危険な〈禁足地〉に踏み込ませないため、あえて怒らせる事を言ったんでしょうが……これでは彼だけが仲間はずれだ」

あ、とゴーダは声を上げ、短く罵り声を上げて駆け出した。

それからふと思い出したように振り返り、早口に命令をまくし立てる。

「城の地下倉庫に火薬があるはずだ！　古くてシケっているだろうが、使える物を選別して運び出せ！　明日の日が昇る前に出発する！」

「はっ！　承知しました！」

と答えたのは魔法兵団の連中だ。駆け足で地下倉庫へとなだれ込み、一瞬後にはもう火薬箱を見つけたとの声が上がる。

そんな魔法兵団の一糸乱れぬ動きを眺め、

「……確かに、楽ができますね」

と神父もぽつりと呟いた。

2

昼中かかって火薬を運び出し、ずらりと広間に並べると結構な数になった。

「これだけあると、山一つ吹き飛びそうだな……」

「あまり威力が強くても、火山の噴火を誘発しかねないので慎重にいきたいものだな。竜がいる火山は噴火しない事になってはいるが……」

「へぇ？　なんでよ」

「ふむ……竜に関しては、教会の領分というところが強くてな。それに関する知識は、市井にはほとんど流れてこない。さらに竜の住む場所は教会が侵入を禁じているから、書物としてその記録が残されているのも希なのだ」

泥闇の魔女といえど、教会の領分にはそうそう踏み込めないものらしい。

「神父ならば少しは分かるのではないか？」

「私は神父と言っても、あくまで〈女神の浄火〉ですので、あまり深い知識は……」

「知っている事だけでかまわない」

そう言われましても、と神父は困ったように眼帯の下で眉根を寄せる。

「そうですね……ここに来る前に雑談程度に聞いた話ですが……竜は火山や、雪山や、海の底など、人間の住めない場所を主にその生息地としているでしょう」

「うむ。そうであると聞いているな」

「そのどこも、竜がいる間は決して荒れないんです。噴火しないし、雪崩は起きないし、海はいつも凪いでいる。だから、竜が自らの寝床を守っているんじゃないかと」

「寝床……か。なるほど、寝床を寝心地のいいように整えるのは、当然と言えば当然の話かもしれん」

「そりゃ、同じところで百年も寝てるんじゃなぁ……」

折角寝てるのに、しょっちゅう噴火や雪崩が起こっていては竜も安眠できないだろう。

「そういう事なら、多少火加減を間違えても、竜がなんとかしてくれるやもしれんな」

「いやいやいや！　そこは慎重にしないとダメだろ！　竜がなんとかしてくれなかったら、火山の噴火に巻き込まれて全滅じゃねえか！」

　カラカラと笑うゼロに全力で突っ込むと、ゴーダが大広間に入ってくるのが見えて俺は片手を上げて挨拶する。するとゴーダは顰め面のまま俺達に歩み寄ってきた。

「で、どうだったよ？」

「どうもこうもない。魔法兵団に言ったのと同じ事を伝えたまでだ」

「……魔法兵団を解散するって？」

「そうだ」

「ここに残って狼煙を待てって？」

「そうだ」

「魔法を使えないお前に用はないって？」

「……そうだ」

「馬鹿だろ、お前」

「馬鹿ですね、あなた」

「馬鹿なのか君は？」

　特に示し合わせたわけでもなく、俺と神父とゼロの感想が重なった。

「では他に何を言えと言うんだ！　俺はあいつに死んで欲しくない。子供の頃から一緒に育って……弟のような存在なんだ。魔法が使えない状況で、あいつを、あえて〈禁足地〉に連れて行く必要はない」

「それをそのまま言ってやれば良かったんじゃねえか……？」

「言って素直に聞く性格ではない。死んだ父に憧れて、英雄的な死を求めているんだ、あいつは」

「英雄的な死……っつーと……ああ、お前を守って死ぬとかか」

まさにそれだと、ゴーダはそっと頭を抱える。

「ギィの父が死んだのは、竜から俺を守ったからだ。俺が殺されそうになった時、彼が魔法で竜の気を引き、俺の代わりに殺された。だからあいつにとって、俺は〝父が命懸けで守った存在〟なんだ」

「立派な心がけじゃないですか。父の意志を継ぎ、亡国の王を守る——感動的な戯曲が書けそうです」

「立派な心がけで死んだら何にもならんだろう」

「お前がそれを言うのかよ……」

どういう意味だ？　とゴーダは片眉を吊り上げたが、どうやら自分が一番「立派な心がけで死に急いでる」事に気付いてはいないらしい。

「とにかく、〈禁足地〉への同行者は少なければ少ないほどいいんだ。それだというのに、こいつらときたら……少しも俺の命令を聞かないで……」

　ゴーダはしばらくブツブツと呟いて、深く、ふかーく溜息を吐いた。

「この先は俺達で準備を進めておく。お前達は明朝の出発まで、体を休めておけ」

　言うなり、ゴーダは出発の準備で忙しく立ち働く部下達に指示を飛ばすべく去っていく。

「難儀な性格してんなぁ……自分のために死んでくれるってんだから、喜んで死んでもらやいいのに」

　俺が呟くと、隣で神父がわざとらしく溜息を吐いた。

「自分より大切な者の存在なんて、獣堕ちには理解ができないのでしょうね……哀れな」

「誰かさんと違って正直な生き方してるもんでなあ。俺は世界と自分を天秤にかけても自分が大事だ」

「よくもそんな図々しい考え方ができますね……この世界において、あなたが生きている価値などどこにも存在していないというのに」

「――ここに存在しているぞ？」

　神父の暴言に、ゼロが静かに反論した。

　神父がぴくりと肩を跳ねさせ、ゼロの方に顔を向ける。

「少なくとも、我輩にとって傭兵は価値がある。君にとって価値がないからといって、世界にとって無価値であると判じるのは少々暴論だと思うが？」

「……なるほど。お嬢さんはいつも論理的だ」

微笑(ほほえ)んで、神父は俺の肩を軽く叩(たた)いて歩き出した。

「せいぜい神に感謝する事ですね、傭兵(ようへい)。その女性(ひと)の存在に」

「別にお前にゃ関係ねぇだろうが！　つか、どこ行くんだよお前」

「一晩地下牢(ちかろう)で寝たんですよ？　井戸水で体を清めて、柔らかいベッドで寝直します。部屋は勝手に使っていいらしいですから」

相変わらず、自由な神父だな……。

好き勝手な事を言って、反論も許さずに去っていく。

「……なあ、魔女(まじょ)」

神父の後ろ姿が完全に見えなくなってから、俺はふと口を開いた。

「どうした？　似合いもしない神妙な顔をして」

「神妙な話だからな」

「ほう？　では、神妙に聞くとしよう」

「なんで神父と手を組んだ？　神父が憎くねぇのかよ」

会話を楽しむ風だったゼロの表情が、言葉通り少しだけ神妙になる。ゼロはまじまじと俺を見た。

「……アルゲントゥムの事を言っているのか？」

「嫌いじゃなかったんだろ？　あのジジイ」

「嫌いどころか、尊敬に足る魔術師だと思っていた。だが、我輩は冷酷な魔女だ。一人の魔術師が殺されたくらいでは恨みになど思わない」

そういうもんか、と俺は首を傾けた。

そういうものだ、とゼロは頷く。

「では逆に問うが、傭兵よ。戦争で味方の兵が死んだからといって、君はいちいち相手の兵士を憎むか？」

「んなわけねぇだろう。毎日百人仇が増えちまう。恨み言も追いつかねぇよ」

「そう……追いつかないのだ、いちいち恨みに思っていては。教会による魔女殺しは、常識として根付いている。五百年の時を経てなお、我輩達は戦争をしているのだ」

五百年前──魔女と教会の大きな戦争があった。

教会はそれに勝利し、魔女は僻地へ追いやられた。それから延々と続く、魔女狩りという名の残党狩り──確かに、戦争が終わったと思ってるのは部外者だけなのかもしれない。

「その戦争を終わらせ、魔女と人々が平和に暮らせるきっかけになればと思い、我輩は魔法を生み出したのだがな……」

上手くいかないものだと呟いて、ゼロは眠たげに天井を仰ぐ。

「それに、あの神父はただの道具だ」

「道具？　……教会のって事か？」

「そう。あやつの行動に、あやつ個人の意思などほとんど存在しないだろう。教会に命じられた場所に赴き、命じられた事を行い、完了したら新たな命令を待つ――あれはそういう機械だ」

きっぱりと言ったゼロの目にあるのは、哀れみにも似た無感動だ。

「あの男は魔女を知らない。教会に与えられた基準だけを信じ、無心に魔女を狩っている。馬鹿ではないから、聖女の一件のように裁定を下す時は人格の片鱗が見えるが……魔女や魔術師である事がすでに確定してしまった相手には、それも及ばなくなってしまう」

「人格の片鱗って……慇懃無礼で嫌味な美形か？」

「美形は性格ではないと思うが……」

「美形ってのは性格の悪い生き物なんだよ！」

「ただの僻みではないか……君も気付いているだろう？　神父は本来、聖職者として理想的な博愛精神を持っている男だ。その証拠に、あの男は我輩が魔女だと気付いてる」

「……はい？」

この女、今なんて？

ゼロは片眉を吊り上げて、「気付いていなかったのか？」と俺を見た。

「我輩は魔法に詳しい。詳しすぎると、神父は思っているはずだ。そして今回の一件で、我輩は王女の魔法を〈却下〉した。それで我輩と魔法の関連に気付かないほど、神父は馬鹿でも鈍くもないだろう」

「だっておま……気付かれてんなら、なんであいつは襲ってこないんだよ！」

「我輩が魔女だと知る前に、我輩を知ってしまったからだ。どうやら我輩は、神父の考える〝魔女〟という存在とは異なる人格をしているらしい」

教会にとって、魔女とは世界に混沌をもたらす絶対悪だ。人間を殺し、子供をさらい、嵐を起こし、作物を枯れさせる。

だがゼロは、神父の前で人を救う事しかしていない。

「お前が悪人じゃないから、魔女だと分かっても見て見ぬ振りをしてるってのか？」

「自覚があるかは微妙なところだがな。本来あの神父が望んでいるのは〝魔女狩り〟ではなく、〝悪人狩り〟なのだろう。だが魔女がすなわち悪人ではない以上、神父は自身の中に生じる強烈な矛盾と戦う必要が出てくる」

哀れではないか、とゼロは俺に笑いかけた。

「だから我輩、あの男がそれほど嫌いじゃない。――どうだ？　妬けるか？　傭兵」

悪戯っぽく言い加えられた言葉に、俺は軽く肩を竦めてゼロに背を向けた。

一応――。

「ちょっとな」

と答えておく。

ゼロがぎょっとしたように目を丸くしたが、俺は気付かなかったふりをしてそのまま大広間を後にした。

3

予定通り、日が昇り切る前にアルタリア城を出発し、〈禁足地〉に足を踏み入れた。

降り続けた雨もすっかり上がり、空はからりと晴れている。

とはいえ、道はぬかるんでぐちゃぐちゃになっていた。そんな中、森に囲まれた険しい山道を、木の枝や蔓を払いながらのろのろと進んでいく。

「竜討伐のために、父上が開拓した道なんだが……たかが一年でここまで侵食されるとはな……」

「ま、こんな道でもないよりゃマシだがな……おい神父。お前丁度いい道具持ってんじゃねぇか。鎌なんて雑草の処理にピッタリだろ？」

「これは私の神父としての魂です。その辺の農具とは違うんですよ……！」

「農具は農具じゃねえか」

「ええそうですよ？　汚れた魂を首ごと刈り取る農具ですよ？　なんなら今ここであなたの首を刈り取ってやっても、私としては一向に構わないんですがね……！」

端正な顔立ちを引きつらせて、神父が眼帯越しに俺を睨む。

「よすのだ二人共。今神父が傭兵の首を落としたら、その肩に担がれてる我輩が血まみれになるではないか」

「俺の命よりてめぇの汚れの心配するのかよ……！　っつーか、だったら下りろよ！」

「嫌だ。ここは我輩の特等席なのだ。君の意思でどかせると思うなよ」

絶対に下りるものかと、ゼロが俺の首にしがみついてくる。

「おいよせ！　力を入れすぎだ、マジで苦しいぞ……！」

「ご心配なく、お嬢さん。血の染みを落とす事なら、そこらの洗濯女よりもずっと得意ですから。ちゃんと綺麗に洗ってお返しして差し上げますよ」

「論点がおかしいだろう！　なんで俺の首を落とす事前提なんだよお前らは！」

「貴様らうるさいぞ！　ガキみたいに騒いでいないで、真面目に歩け！」

ゴーダの鋭い恫喝にぎくりとし、俺と神父はあえて距離を離して歩き始める。そんな俺達を見てゼロが「子供の喧嘩そのままだな」などと呟いたが、ガキの喧嘩で結構だ。

それからしばらく、無言のまま〈禁足地〉を進んだ。道は進むほどに険しく、歩きにくくなり、山の麓に着くのも一苦労だ。

ゴロゴロとした大きな石が無数に転がり始め、足を取られて転ぶ奴も出てくる。そうなってくると、火薬箱を積んだ荷車を引いての行軍ではますます慎重になってくる。

こりゃあ、一晩かかって山の中腹に行けるかどうかだな。

そう思って、俺は空を見上げた。——そして目を見開く。

空から、何かが。

凄まじい速度で——。

「——竜が」

俺が空を見ながら呟くと、ゴーダが愕然として空を見上げる。一瞬で状況を理解し、道に長く延びる部隊全体に届く声で指示を叫んだ。

「全員道を外れて森へ飛び込め！　木の下へ潜り込んで姿勢を低くしろ！」

あっという間に、竜は遥か遠くに見える山の頂上から、俺達のすぐ頭上まで降下してくる。

息苦しくなる熱風が辺りを包み込み、竜に触れた木の一部が一瞬で燃え尽きる。

竜は俺達の頭上をかすめて再び上空に舞い上がると、咆哮を一つ残してどこかへ飛び去っていった。

——いや。

どこかへなんて話じゃねえ。あの方向は。

「おい兵団長！　あの竜、ノーディスの方に向かったぞ！」

「なんだと!?」

地面に伏せていたゴーダが立ち上がり、飛び去っていく竜を確認して舌打ちする。

「ノーディスには今、姫と少数の魔法兵団がいるだけなんだぞ……！　竜に襲撃されたら、住民避難の時間も稼げるかどうか――」

「いや、それどころではない」

ゼロが珍しく、緊張で強張った声を上げた。

「竜は我輩達に気付いていた。竜は縄張り意識が非常に強く、自らの寝床に敵が侵入する事を絶対に許さないと聞いている。だというのに、竜は我輩達を無視していった。この意味が分かるか？」

まさか、と神父が愕然として声を上げる。

「……竜は、もう寝床に興味がない……？　この島を捨てる気だというのですか！　報復として、島の人間を皆殺しにした上で……！」

「はあぁ!?　おい、竜はお姫さんの魔法で弱ってたんじゃなかったのかよ！　めちゃめちゃ元気じゃねえか！」

分からない、とゼロは苦々しげに言った。

「王女の魔法が直撃した時、もし傷が深くなかったのなら、竜はあの場で我輩達を殲滅できたはず……だが、竜は引き下がった。報復に出るにしても、なぜ昨日はなんの動きもなかったのだ……！」

「議論している場合はない！　とにかく町に戻らなければ……！　全員、荷物を放棄しろ！　ノーディスに急ぎ引き返す！」

【幕間　新しい人形】

竜がノーディスに飛来したのは、王女アムニルが城に帰還したその翌早朝だった。

島全体に響き渡る咆哮は、いつもラウルが誰より先に聞きつける。ラウルはアムニルに真っ先に報告し、アムニルの指示で衛兵を起こして回って住民に避難命令を出させた。

魔法兵団の援護がなくとも、住民の避難は迅速だった。竜の襲撃はすでに慣れっこで、地下坑道への入口もみんな把握している。

魔法兵団がいない状態で竜を撃退する事はできないが、ノーディスの魔法兵団が戻ってくるまで籠城に耐えられるだけの備えはある。

——もし、ゴーダ達が竜に全滅させられたのでないのなら、だが。

「……あの男が、そう簡単に全滅などするわけがありませんね」

どちらにせよ、確認する術がないのなら、希望を持って待つほかない。

どうせ、魔法を使えなくなった自分にできる事など何もないのだから——。

アムニルは温かな湯の中で、膝を強く抱き寄せた。

住民の避難が済んで、全ての門を閉鎖した後、アムニルがしたのは温泉につかる事だった。魔法を使えなくなった今、魔力を回復する湯につかる意味などないのだが、それでもこの浴室はアムニルの心を落ち着けてくれる唯一の場所だ。

昨夜、また人形の夢を見た。天井から吊られていたはずの人形が自由に動き回り、アムニルを見てこう言うのだ。

みぃつけた——と。

湯の中なのに寒さを感じて、アムニルは体を震わせた。

竜が暴れ、咆哮する声が地上から地下深くにまで響いてくる。

竜の怒りと暴れ方は今までにないほどで、竜が歩くたびに地下全体が細かく揺れて、パラパラと天井の破片が落ちてくるほどだった。

「いやね、お湯が濁ってしまう……」

ぽつりと呟いた、その時だった。浴室の戸を激しく叩く音が響き、アムニルは眉を顰める。

控えていたラウルが蹄の音を響かせて、「姫はご入浴中ですよ」と声を上げた。

「無礼は承知しております！　しかし、地上に出たいと騒いでいる女が……！」

「地上に……？　けど、竜が来てるのに……」

ラウルの表情が困惑に揺れ、判断を仰ぐようにアムニルに振り返る。

深呼吸を一つ――アムニルは立ち上がった。

「お待ちなさい！　今まいります！」

湯船から上がると、少し気分が落ち着いていた。ラウルに手伝ってもらって身支度を整え、外で待っていた魔法兵と共に王城広場へ戻る。

広場に入る前から分かった――暴動のような騒ぎ。

誰も彼もが好き勝手な事を怒鳴り合い、まったく収集がつかなくなっていた。頼みの魔法兵団は数人程度しかおらず、魔法の使えない衛兵達だけでは、興奮して騒ぎ立てる民への抑止力として弱い。

アムニルはゆるゆると頭を振った。

王城広場の中央に未だに設置されたままの、魔法試合の会場に歩み寄り、試合の合図として使われた鐘を力いっぱい打ち鳴らす。

音は地下坑道の隅々まで響き渡り、住民達の怒鳴り声が一瞬で静まった。

「――発端は」

とアムニルが聞くと、一人の女に一斉に視線が集まる。

女は泣き濡れた顔で果敢にアムニルを睨み付け、

「子供がまだ外にいるのに、入口を塞がれたんだ！　あたしだけでも出してくれっていうのに、ここの連中は自分がかわいいからって、あたしの子供を見殺しにしろって！」

「……子供」

住民の避難は恐ろしく混乱していた。アムニル自身も魔法を失った衝撃から立ち直れてはおらず、避難を焦って早急に出入り口を塞がせてしまった。

手遅れだよ、と誰かが叫んだ。

「どうせもうその子は死んでる！　今出てったらあんたも死ぬし、俺達も危ねぇんだ！」

「そうだ！　魔法兵団がくるまで隠れてるのが最善なんだよ！」

最善、と。王女は口の中でその言葉を転がした。

この状況で、見計らったかのように――。

「神よ……あなたはわたくしを試しているのですか……？」

たった一人の子供のために、民を危険に晒すのが最善か？

否だ。

ではたった一人の子供を見捨てろと母に説くのが王道か？

それも、否だ。

だが、アムニルにはもう魔法は使えない。

それでも。

それだからこそ。

「わたくしが竜を引き付けます。その隙に、子供を見つけて避難させなさい」

アムニルを取り囲む人々に、安堵の笑みと、不安の表情が広がった。

不安の表情を浮かべたのはアムニルと共に城に戻った魔法兵だ。彼らはアムニルがもはや魔法を使えない事を知っている。

「姫様、それは——！」

無茶です、と言おうとした魔法兵の一人に穏やかな視線を送り、アムニルは「しぃ」と唇に指を当てて見せる。

アムニルが魔法を使えるかどうかなど、民には何の関係もない。民が気にするのは、「この王は自分を守ってくれるか否か」だけだ。

「ラウル！　わたくしの鎧を用意しなさい！　それから一番速い馬を！」

ラウルは反論も躊躇もせずに、アムニルの命令に従って駆けていった。きっとアムニルが望んだ通りの物を、迅速に持ってきてくれるだろう。

しかし、と魔法兵はなおも難色を示した。

「竜を引き付けるって、どうするおつもりですか！　アルタリア城までは、とても馬が持たない。どれだけ速い馬でも、失速したら追いつかれてしまいます！」

「確かに、アルタリアまでは無理でしょう。ですが、魔術師様の隠れ家までならばどうにか馬を持たせられます」

魔術師アルゲントゥムの隠れ家には、竜に見つからないように結界が張られていたはずだ。

森に入ってしまえば鬱蒼と茂った木々が竜の視線と攻撃を阻んでくれるし、逃げ切れる可能性は十分にある。

「姫様、鎧をお持ちしました」

ラウルの声に頷き、振り向いて、アムニルは絶句した。

ラウルが手にしているのは、確かにアムニルが命じた通りの物だった。だがラウル自身までもが、白銀の鎧を身につけている——あれは随分前に、馬上槍試合のためにこしらえた鎧の一式だ。

「……どういうつもりです、ラウル？　その格好は」

「え？　だって……一番速い馬って言ったでしょう？」

「お前はただの馬ではないでしょう！　つまらない冗談を言っている場合ではありません」

「これが最善なんですよ、姫様。ただの馬と違って、僕なら武器も扱えます。怪我をしても無理が利きますし、多少の事じゃ怯みませんし、絶対に姫様を落としません」

「な、ん——」

ラウルが武器を手にしたのは、過去に戯れで参加した馬上槍試合の一度きりだ。

早々に負ける事を予想されていたラウルは、しかし周囲の期待を裏切って悠々と勝ち進んでいった。最終試合など、相手の面子を立てるためにわざと負ける必要があったほどだ。

「姫様は今までずっと、僕を守ってくれていました。姫様はどうせ止めても行くでしょうから、せめて僕を連れていってください。抵抗しても無駄ですよ？　姫様が他の馬に乗ったって、僕は並走できるんですからね」

こんな状況で冗談めかして言ったラウルの笑みに、アムニルの心が軽くなる。

最善――そう。ラウルを殺したくないという感情を忘れれば、これが最善の選択だ。

「……誰か、ラウルに鞍を。城の正門から出ます！」

合図と共に細く開けた扉から、アムニルとラウルは助走をつけて飛び出した。

縄張り意識が強く、侵入者に対して警戒を怠らない竜は、基本的に高いところを好む。そして山の斜面に沿って広がるノーディスの街では、城が最も高い位置にあった。

――で、あるから。

竜は城の一部を破壊し、瓦礫の中でとぐろを巻いて、どこかに蠢く影がないかと目を光らせていた。

そこに飛び出してきたのが、ラウルにまたがったアムニルである。

これを、竜が追わないわけがない。

殺戮の歓喜に喉を鳴らし、竜は巨大な両翼を羽ばたかせて空へと舞い上がった。

その瞬間を狙って、魔法兵団が一斉に攻撃し、急降下しようとする竜を妨害する。それに加えて、大砲での砲撃が火を噴いた。

魔法が普及して以降、使われる事のなくなっていた旧世代の遺物だ。度重なる竜の襲撃で使える者もほとんどいなくなっていたが、先日流れ着いた水夫達の手にかかれば今でも強力な火器として活用できる。

それでも、足止めできたのはわずか十秒だ。竜が目標を変える前に攻撃を切り上げ、すぐさま地下への扉を閉ざさなければならない。

「来ますよ、ラウル——！」

「大丈夫、間に合います」

ラウルは蹄鉄で地を蹴った。ノーディスとアルタリアを繋ぐ街道は、そのほとんどが木でできた自然の屋根に覆われている。

そこに飛び込んでしまえば、竜は上空からアムニル達を見つける事ができなかった。

木ごとアムニル達を潰してしまえと言うように、竜は何度も降下して木々をなぎ倒し、足や尻尾を振り回すが、そのことごとくをラウルは遥か後方に置き去りにして駆け抜ける。

その速度に、背にまたがるアムニルが息を呑むほどだった。

一番速い馬は自分だと、そう豪語したのは嘘ではない。

その上、だ。

「もうすぐ森を抜けて谷に入ります。しっかり掴まっていて——速度を上げますから！」

鎧を着込み、手に武器を持ち、背にアムニルを乗せて、ラウルはさらに速度を上げた。

木々で覆われていた空が開け、代わりに左右に岩壁が迫る。

竜の巨体では谷の中に着地する事ができず、それでも執念深く足や首を突っ込んでアムニルを狙い続けた。

そんな竜の姿に、ラウルは忍び笑いをこぼす。

「随分恨みをかっちゃったみたいですね」

「ラウル、あなたは……」

何も恐ろしくないと言うような、そんな穏やかさだった。

ラウルの呼吸は心地よく跳ね、まるで速駆けを楽しんでいるようですらある。

「――守り切れるって確信がなかったら、行かせたりしません。谷を抜けて森に入りますよ。大丈夫。僕は絶対追いつかれません」

ノーディスの城から、アルゲントゥムの隠れ家まで。その道程に何があり、自分がどれだけの速度で駆け、竜がどれくらいの速度で飛ぶか――ラウルはそれを全て計算しつくしているようだった。

谷を抜けた。左手に広がる森を過ぎれば、そこはもうアルゲントゥムの領域になる。邪魔なものがなくなり、歓喜して突進してくる竜を翻弄し、ラウルは立ち並ぶ樹木を華麗に避けて森を駆け抜けた。

視界が開け、湖が目に入る。

やった、とアムニルは声を上げた。

――けれども。

「……そんな。嘘よ」

湖の中央に直立する大木――。それが、無残に焼け落ちていた。

青々と茂っていた葉は燃え尽きて焦げた枝がむき出しになり、湖にかかっていた細い橋は跡形もない。

「お師匠様！」

「姫様――ダメです、降りないで！」

ラウルの言葉を無視して、アムニルはその背から飛び降りた。竜の咆哮も、熱気をはらんだ羽音も気にならない。

鎧を着たまま考えもなしに湖に飛び込んだ瞬間、ラウルの手がアムニルの腕を掴んだ。

「ここはダメです、姫様！　アルタリア城まで行かないと――！」

竜が、と言って空を見上げ、ラウルは眉を顰めた。

竜は空を旋回するばかりで、降りてこようとしない。結界が生きているのかと思ったが、すぐに別の理由に思い至った。

――湖。

「そうか……あの竜は、水が苦手だから……！」

アムニルの魔法が暴走した直後、雷に呼ばれて雨が降った。だから竜は引いたのだ。その翌日も雨は降り続いたので、竜は火山から下りてこなかった。

気付いた瞬間、ラウルは鎧を脱ぎ捨て、アムニルを抱え上げて湖に飛び込む。

苦しげに口を開いたアムニルの唇に自らの唇を重ねて、ラウルはアムニルに息を分けた。

どこまでも透明な湖の中から空を見上げると、竜が憎々しげに咆哮し、別の獲物を探して飛び去っていくのが見える。

念の為にそれからもう少し時間を置いて、ラウルはアムニルを腕に抱いて湖から這い上がった。

「がはっ……っは……んん……ッ」

ラウルは苦しげに咳き込むアムニルを地面に下ろし、その背中をさする。

アムニルはその手を振り払い、よろよろと立ち上がって焼けたアルゲントゥムの隠れ家へと駆け込んだ。

ラウルもその後を追い、あまりの惨状に目を伏せる。

黒焦げになっていても分かる。――分かってしまう。

胴体から切り離された、首。

「そんな……そんな……どうして、お師匠様……どうして……！」

首の前に膝を突き、アムニルはそっと首を抱え上げようとした。しかしくたびれた老人の骨は脆く、触るとぐしゃぐしゃと崩れて指からこぼれ落ちていってしまう。

悲嘆のこもった呻き声を上げ、アムニルはその場に膝を突いたまま突っ伏した。

「殺していないと、言ったのに……」

え？　とラウルは聞き返す。すぐにアムニルが思い違いをしている事に気が付いて、ラウルは慌てて「違います」と叫んだ。

「傭兵さん達じゃありません！　あの時は確かに生きて……」

「では、誰が殺したと言うのです！　あの者達の他に、誰が――！」

その時。

「神父よ。教会の神父が来たの」

キンキンと甲高い、少女の声がした。

ラウルとアムニルははっとして、声の出処を探して首を巡らせる。

そして、それは暖炉の中にいた。――否、あった。

ひ、とアムニルは悲鳴を上げて腰を浮かせる。

「――人形が……！」

動いている。

それればかりか、暖炉の中から這い出してきて、ススで汚れた紫色のドレスをパタパタと叩いた。

「あーよかったぁ。危なく燃え尽きちゃうところだったわ。夢の外では初めましてねぇ、お姫様？　あたしの事覚えてる？」

薄汚(うすよご)れた人形に行儀(ぎょうぎ)よくお辞儀をされて、アムニルは一歩下がった。

「お、お前は……一体……」

「あたし？　——あたしはねぇ、アルゲントゥムのお友達。名前はサナレって言うの。どうぞよろしくね？　あたしの——」

人形の表情は動かない。

そのはずなのに、その口が耳まで裂けて、牙さえ見えるようだった。

「新しいお人形さん」

七章　破竜王

1

俺達はノーディスに向かった竜を追い、アルタリア城に残してあった馬やら荷馬車やらを総動員して、全力で街道を疾走していた。

ゴーダは馬で先頭を走り、俺はゼロを抱えてその隣を併走する。

その後ろからは、馬が引く荷馬車で神父や魔法兵団がついてきている状況だった。

つっても、駆けつけてどうすんだ……？　魔法なしで竜をどうこうできるのか？

勝算どころか作戦もない状態で、ただ闇雲にノーディスに向かって何ができる。

と、思いはするが口にはしなかった。併走するゴーダの表情を見れば、俺よりずっと思いつめているのが分かるからだ。

最悪の場合、俺は自分とゼロさえ生き延びられれば十分だと思っているが、ゴーダは民の命を背負ってる。まったく、権力なんてのは持つものじゃない。王だとか指揮官だとかいうのは、権利に対して責任が重すぎる。――特に、ゴーダみたいなクソ真面目な性格の男にとっちゃ尚更だろう。

そう思ってふとゴーダに視線を向けた時、俺は血の臭いに気付いて鼻の頭に皺を寄せた。

どこか、近くで誰かが怪我をしている。伝えようかと思ったその時だった。

「――止まれ！」

ゴーダが号令をかけて俺達の足を止めさせた。

場所はノーディスとアルタリアの丁度国境に当たる、崖に挟まれた細い道に入る直前だった。

少し目を凝らせば、谷の入口に血を流した人間が倒れているのが見える。

――その、遠目からでも分かる魔法兵団の制服。

「おい、あいつって……」

「ギィ！」

そう、確かそんな名前の魔法兵だ。ゴーダと口論した挙句、アルタリア城に居残りを決めていたはずだが……城にいないと思ったら、こんなところで倒れているとは。

ゴーダは馬を飛び降り、若い魔法兵に駆け寄った。ゼロも俺の肩から下りて、魔法兵の側にかがみ込んだ。

「よかった、息はある……」

ほっとゴーダは安堵の息を吐いた。息はある――とはいえその傷はかなりひどく、足の骨がバラバラに砕けているのが、ズボンの上からでも分かるほどだ。

「今、手当を……」

「下がれ、我輩がやる」

ゼロはゴーダを押しやると、短く詠唱し、その足に傷を癒す魔法をかけた。

ゴーダはゼロが魔法を使った事に一瞬表情を硬くしたが、魔法兵の命と天秤にかけた結果見て見ぬ振りをする事に決めたらしい。幸い、神父は荷馬車で移動してるから、俺達より一歩遅れてるしな。

「さあ、これで大丈夫だ。問題なく歩けるだろう」

苦痛に歪んでいた魔法兵の表情が和らいで、うっすらとその目が開いた。途端に、はっとしたようにゴーダの服を掴んだ。

「ゴーダ様……!? ここは……ここはダメだ……! 逃げてください! 急いでッ! 竜が、まだそこに……! あいつは俺を生き餌にしたんです!」

「なッ――」

なんだと、と問い返すゴーダの声にかぶせるように、竜の声が鼓膜が破れんばかりに響いた。耳を塞いで顔を上げると、崖の上から俺達を睥睨している巨大な竜の姿が見える。

「……嘘だろ」

と俺が呟くが早いか、竜はぞろり並んだ鋭い牙をむき出しにして俺達に突っ込んできた。

俺は即座にゼロと魔法兵を抱え上げ、ゴーダを引きずって森の中に飛び込む。

行軍中の集団の足を止めさせ、怪我をした人間に注意を集中させる――そんな人間みたいな作戦を、まさか竜が立てるとは――。

その時、丁度後続の連中が街道の向こうから近付いてくるのが見えた。ゴーダは木から身を乗り出して、叫ぶ。

「全員散開！　森に飛び込み、木に隠れろ！　――竜に待ち伏せされている！」

馬の嘶きが空を裂いた。ゴーダが乗ってきた馬はまるごと竜に一呑みにされ、鞍と手綱だけが器用に吐き出される。

「……見事な舌技だ。我輩も見習いたいな」

などとゼロがズレた感想を呟いた。

「口に入れたスープから野菜だけ吐き出すガキじゃねぇんだから……」

そして、俺がそれに合わせてズレたツッコミを入れると、ゴーダが「なぜお前らはそんなに余裕なんだ！」と引きつった声を上げる。

「別に余裕ってわけじゃねぇけどよ」

冗談にでもしねぇと絶望したくなる状況ってのがあって、今がそれだ。

目の前に竜がいるのに、教会の圧力で魔法兵団の連中は魔法が使えない。

この状況で、さてどうする？　――考えるまでもなく、俺の役割は一つだ。

俺は立ち上がって剣を抜いた。

ゴーダが慌てて俺の服を摑んで引き戻そうとする。

「おい、何をするつもりだ！　勝手な行動は……！」

「うるせぇ、時間稼ぎだよ！　あいつの図体なら、谷に入れば深追いできない。俺が竜の気を引いてる間に、役立たずの魔法兵団を集めて谷に逃げ込め」

「馬鹿な！　死ぬぞ！」

「俺だってやりたかねぇよ！　けどここで黙っててもどっちにしろ死ぬだろうが！　それともお前は俺より頑丈か⁉　珍しく格好つけてんだから黙って行かせろ！」

そういうところが、考えが足りないって言うんだよと吐き捨てて、俺は道に飛び出した。

その背中を、ゼロが「傭兵」と呼びかける。

「格好いいぞ」

この状況で、最大威力の笑顔とくる。竜に殺される前にお前の笑顔で人が死ぬぞ！

危うく気を失いかけた俺は、しかし竜が振り回した尻尾が頭上ぎりぎりをかすめていくという、九死に一生体験ではっきりと覚醒する。

さすがにふざけていい相手じゃなかった。とにかくあいつの気を引いて、少しでもこの場所から引き離さなけりゃならん。

俺は腰の鞄を探って火薬を取り出し、導火線に火をつけて竜に投げつけた。顔面の近くで火薬が破裂し、竜が驚いて体を仰け反らせる。

そして、俺に気付いた。

「よし、来い……ついて来い……！」

竜が姿勢を低くして、柱のように太い四肢で地面を蹴った。飛ぶだけじゃなく、陸上戦もお得意なようだ。

そして俺はそんな竜に向かって、全力で突っ込む。

竜の羽の下をくぐり抜け、背後を取った。苛立たしげに振り回される竜の尻尾を剣で弾いていなし、放棄された荷馬車を乗り越えて森に飛び込む。ゴーダが魔法兵団達を寄せ集め、谷に誘導する声が聞こえた。——よし、向こうは上手く行っている。

竜は俺を追いかけて、そのまま森に突っ込んできた。

「ッ——だあぁあぁ！　無理無理死ぬ死ぬ！　どうすんだこれ、どうすりゃいいんだこれ！」

勝てる気がしない。どころか、生きられる気もしない。

と——。

「はっ？　ちょ、ま——！」

何かに躓いて、俺は盛大にすっ転んだ。

さすがに死を覚悟したが、転んだ俺の頭上を、牙をむいた竜の顎が空振りする。ガチン、と歯を噛み合わせる鋭い音がして、目標を外した竜が勢い余って俺を追い越していった。

転んでなければ、確実に竜に美味しく頂かれていた。

「……神に感謝すべきか？」

「今のは私に感謝するところですよ」

美形の放つ、耳に心地いい甘い声ってのは、俺からすると死ぬほど耳障りな声だ。そんな声で恩着せがましい台詞(せりふ)を吐かれた日には、嫌でも眉間に皺(しわ)が寄る。

「てめぇの杖(つえ)かよ……俺を転ばせたのは」

「神聖な竜への貢ぎ物に、汚れた獣堕(けものお)ちはふさわしくありませんから。――彼らを逃がすんでしょう？　それなら、あなた一人に格好はつけさせませんよ。一応私も〈女神の浄火(デア・イグニス)〉の裁定官ですからね」

なるほど、格好いい。だが今は、その格好良さを優先してやれる状況じゃない。

転んだ竜が体を起こし、怒りに燃える目で俺達(たち)を睨(にら)んだ。神父の腕をがっしと摑(つか)み、思い切り振りかぶった。

「――は？」

と、神父が間抜けな声を上げて俺を見る。眼帯に覆(おお)われている神父の両目では俺の表情を確認する事はできないだろうが、俺はできるだけ愛想のいい笑みを浮かべてみせた。

「悪く思うな。――囮(おとり)が必要なんだよ！」

上空目掛けて神父の体を投げ飛ばすと、竜がその神父を追って体を捻(ひね)る。すかさず俺は木の枝に駆け上がり、家一軒がまるまる乗っかりそうな竜の背中に飛び付いた。

勢い余って転がり落ちそうになるのを、ゴツゴツしたその体に爪を引っ掛けてどうにか持ちこたえる。そのまま背中を駆け上がって、一気にその首に取り付いた。

竜は殺さない計画だろうって？　悪いな神父、俺は信仰より自分の命が惜しい。俺が個人的な判断で殺す分には、魔法兵団もお咎めなしだろう？

鱗の継ぎ目を探して、俺はざっと竜の首を撫でた。――だが。

「……ぁん？　んだこれ」

その体のどこを探しても、剣はおろか、ナイフを突き通せそうな継ぎ目も存在しなかった。

そもそもからして、鱗じゃない。

「これ……石が張り付いてんのか？　――て、ちょ、ま、どあぁあ！」

背中に付いた邪魔な虫――まあ俺の事だ――を払おうと、竜が体をくねらせ、両翼を羽ばたかせた。足場の悪い竜の背中で体勢を崩し、俺は無様に振り落とされて地面を転がる。そのまま巨大な足に踏み潰されそうになって、慌ててその場から離れて木の根の陰に滑り込んだ。

と同時に、竜は尻尾を振り回して周りの木をなぎ倒し、大きく羽ばたいて上空へと舞い上がる。追撃されなかった事にほっとしていると、木々の向こうからゼロとゴーダが駆け寄ってくるのが見えた。

「傭兵、無事か？」

「なんとか五体満足のようだな。――魔法兵団の連中は？」

ああ、とゴーダが力強く答える。

「全員谷へ誘導した。俺達がここに留まって暴れていれば、攻撃しにくい谷への追撃はしないだろう」

「そう都合よくいきゃ――いってぇ！」

突然、俺の頭に追い打ちの衝撃が襲った。そして鋭い罵声が降ってくる。

「この――バチあたりの役立たずがぁ！」

神父だ。

残念な事に、竜に食い殺される事なく無事に生き延びたようで、駆け寄ってくるなり杖で俺の頭をひっぱたいたらしい。

「神父を囮にするなど、よくもそんな悪魔にも劣る行為ができましたね……！　人様を投げるなら、せめてそれ相応の成果を上げなさい！」

「うるせぇ！　お邪魔虫の役立たずより遥かにマシだろが！　あいつの体、全身に石がはりついてんだよ。剣が通せる継ぎ目がねぇ……！」

石？　とゼロが目を瞬いた。

「鱗ではなくてか？」

「ああ、石だった」

一瞬、ゼロは思考を巡らせる。そして何事か閃くと、勢いよく立ち上がった。

「そうか！　つまり、あの体を覆っているのは、冷え固まった溶岩か！」

分かったぞ、とゼロが声を弾ませた。

「王女が魔法を暴走させた時、深手を負っていたわけでもないのに竜が逃げ帰った理由……奴は雨で引いたのだ！」

雨？　とゴーダが身を乗り出して聞き返す。

「溶岩に住んでるから、水が苦手という事か？」

「いや……そうとも言えるが、そう単純ではない。水が苦手なのは確かだろうが、正確に言うなら〝水が苦手になる時がある〟――だ」

言いながら、ゼロは空を見上げて舌打ちした。

空を旋回していた竜が、谷に向かって降りていくのが見える。

「説明している暇はない。ただ、勝機はあるという事だ。ひとつ、問題があるが……」

ゼロはその視線を神父に注いだ。

その気配に気が付いたのか、神父は「私ですか？」と怪訝そうに首を傾げる。

「――見ないふりは終わりだ、神父」

ゼロの優しげな微笑みに、神父が表情を引きつらせた。同時に、ゼロは空に向かって弓を引く動作をする。

その手から光の矢が放たれ、竜の体に当たって弾けた。

谷に逃げ込んだ魔法兵団に突っかかろうとしていた竜は、それで再びこちらに意識を向ける。

ゼロと竜の視線が、明確な殺意をもってぶつかり合った。

船が襲われた時、ゼロと竜が一瞬視線を交わした事を思い出す。だがあの時と違い、ゼロは少しも竜に気後れしていなかった。

むしろ、

「さて——攻めに転じるぞ。楽しい竜退治の時間だ」

と、ゼロは楽しげに笑って宣言した。

2

馬鹿な、と神父は怒鳴った。

「竜は傷つけないという話だったではありませんか！　それに、私の前で魔法を使うなど何を考えて——私があなたを殺さなかったのは、確たる証拠がなかったからです。なのにこんな……あなたは命が惜しくないのですか！」

「惜しくはない。だが、くれてやるつもりもない。——傭兵！」

ゼロの合図に応じて、俺は前に一歩踏み出しかけた神父の首を正面から掴んで締め上げた。

そのまま手近な木に叩きつけ、足が浮くように持ち上げる。

「あ……ぐ……！」

「了解、こいつは俺が押さえとく。——行け！　兵団長は魔女の補佐だ！」

応と答えて、ゴーダはゼロと共に駆け出した。

「ま、待ちなさい！　この、き——さまぁあぁ！」

神父が杖に力を込めた。だが大鎌に変形させる前に、その手首をナイフで貫いて木の幹に縫いとめる。

神父は唇を噛んで苦痛の声を呑み込み、杖から伸びる糸を俺の首に絡めた。

絞め殺される気配を感じ、俺は糸を直接摑んで首から振り払う。手の平から血が噴き出したが、首を落とされるよりはいくらもマシだ。——その間に、ゼロとゴーダはとっくにこの場を離れていた。

俺は神父から距離を取る。途端に、神父は自分の手首に突き刺さっているナイフを引き抜き、悲鳴ひとつ上げずに手首に糸を一本絡めて止血した。——攻撃だけでなく、治療にも使えるとは便利な糸だな。間違って手首を切り落としたりしねぇのか？　などと思いはしたが、質問できる状況でもないだろう。

まだ日は高く、太陽は眩しい。暗闇でその本領を発揮する神父にとっては不利な状況だが、神父は杖を大鎌に変形させると、一切の躊躇なく俺に切り込んできた。

ゼロとゴーダは街道に飛び出して、空を旋回している竜について何事か言い合っている。

チカチカと空が時々光るのは、ゼロが竜を牽制して〈鳥追〉を使っているからだろう。——

一瞬、俺はそっちに気を取られた。

神父を完全に侮っていたのかもしれない。

神父が振り上げた鎌を受け止めようと剣を上げた瞬間、神父が急に進路を変えた。

「は？　ちょ、待てお前どこに……！」

「昼間に獣堕ちと正面からやり合うほど、私も馬鹿ではありませんよ……！」

俺の横をすり抜けて、神父が目指すのはゼロのところだ。俺は慌てて身を返し、神父の後を追いかけた。

すると神父は目の前の木を駆け上がり、幹を蹴って俺の頭上を飛び越える。飛距離が尋常じゃない事を考えると、木の枝に糸を引っ掛けてあったんだろう。着地して、そのままゼロ達を追って駆け出した。

直線的な追いかけっこなら俺に分があるが、密集した木という障害物があると、一度引き離されたら最後、俺の図体じゃそう簡単には神父に追いつけない。

悪態を吐いて、俺は大声を上げた。

「おい兵団長！　神父がそっち行ったぞ！　魔女を守れ！」

怒鳴りながら、街道に飛び出した。神父はすでにゼロとゴーダに迫っており、ゴーダがゼロを背後に突き飛ばして剣を抜く。

ギンと、金属音が響いた。神父の鎌をゴーダが止めた音だ。

——その二人の頭上に、急降下してくる竜の爪が迫っていた。ゼロがゴーダに突き飛ばされ、〈鳥追〉による牽制が途切れた一瞬の隙を竜は見逃さない。

「嘘だろ――おいちょっと上見ろ、上！　避けろ二人共！」

ゴーダがはっとして顔を上げた。だが、動かずに踏みとどまる。自分が引けば、ゼロへの攻撃を許す事になると考えての事だろう。

そして、悪い事に神父も引かなかった。どっちも自分の命より使命だとか義務だとかを優先する大馬鹿だ。

――だめだ、間に合わない。

思った瞬間、閃光と爆音が弾けた。

竜が驚いて悲鳴を上げ、ゴーダ達の頭上をかすめて再び上空に舞い上がる。

「今のは――！」

狩猟の章第四頁――〈破岩〉。船で竜と対峙した時、ゼロが使っていた魔法だから覚えがある。

光に目を伏せた俺は顔を上げ、ゼロを見る。今のは間違いなく魔法だった。しかしゼロも俺と同じく、眩しさに目を伏せているところだった。

それなら、今魔法を使ったのはゼロじゃない。

俺の視線が谷の方に吸い寄せられる。そこに居並ぶ、揃いの制服――魔法兵団。

「あいつら、逃げたんじゃ――」

なかったのか、と俺が言い終わるより先に、ゴーダが怒鳴った。

「馬鹿者‼ 何を考えているんだお前達――逃げろと命じただろう！」

「その命令は聞けません！」

ゴーダの怒声に怒鳴り返したのは、ギィと呼ばれていた魔法兵だ。

足の怪我はすっかり良くなったらしく、その両足はしっかりと地面を踏みしめている。

殺されてでも動かない覚悟を込めたその態度は、一瞬前のゴーダと神父と同じく、頭が固くていかにも融通がきかなそうだ。

「ゴーダ様はいつだって、民のために命をかけてくださった！ 俺達を守ってくださった！ ならば今こそ我々は、ゴーダ様のために命をかける！」

みんなでそう決めたんですと叫ぶ魔法兵の顔は、死を決意した戦士の顔だった。

竜に殺される事よりも、教会に火炙りにされる事よりも、今この戦場から逃げ出す事が何よりも我慢できない――そういう顔だった。

もはや魔法兵団の連中は躊躇なく魔法を放ち、竜が飛び去る事も、降下する事も許さず空中に釘付けにする。

神父が青ざめて、鎌でゴーダの剣を切り払う。その胸ぐらを掴んで、乱暴に引き寄せた。

「今すぐ彼らを下がらせなさい！ 魔術師が死んでなお、自分の意思で魔法を使うというのなら、私は彼らを断罪しなければならなくなる！」

神父の声は硬く強張り、「頼むから殺させないでくれ」とでも言っているようだった。

ここで一言でも魔法兵団に「魔法を使え」と命じたら、その時点でゴーダも魔法兵団ももろとも教会による火炙りの対象だ。

だがそれがどうしたとばかりに、若い魔法兵は神父の言葉を否定する。

「無駄だ裁定官！　ゴーダ様のために全力を尽くす！　ゴーダ様が何を命じたところで、我々は自分達の意思で魔法を使い、民とゴーダ様のために全力を尽くす！　ゴーダ様は俺達の王だ！　自分の命惜しさに、その王を捨てて逃げ出すのが正義か？　神の教えか⁉　そうだと言うなら、そんなものはクソ喰らえだ！　俺達は喜んで教会の敵となる！」

「愚かな……！」

神父が苛立たしげに舌打ちした。

この時点で、ゴーダの選択肢は二つ。

自分だけでも教会信徒として助かるために、無駄だと分かっていながら奴らに「魔法を使うな」と命じるか。

そうでなければ、魔法兵団と運命を共にして教会の敵となるかだ。

ゴーダは眉間の皺を一層深くし、ギリと奥歯を噛み締めた。

強く剣を握り直し、食いしばった唇をわずかに開く。

「まったく……愚かだ。解散だというのに結託し、ついてくるなと言うのに、〈禁足地〉までついてきて。逃げろと言うのにとどまって、挙句、死を覚悟で教会に楯突く事を決めたという。

ああ――」

　神父を正面から見据え、ゴーダは戦士の目で笑った。

「愚王(オレ)に似合いの部下(バカ)共だ」

　ゴーダは思い切り首を逸(そ)らして、神父の顔面に額を叩(たた)きつけた。ぐ、と呻(うめ)いて軽く下がった神父の胸に、足裏を叩き込んで突き放す。

　わっと魔法(まほう)兵団が湧いた。

　ご命令を、と口々にゴーダに指示を仰ぎ、ゴーダはそれに答えて命じる。

「そこまで魔法が使いたいなら、俺が命じる！　存分に使え！　竜の牽制(けんせい)要因を除き、アルタリアの兵は収穫(しゅうかく)の章・〈降穂(ウエンケイド)〉を、ノーディスの兵は狩猟の章・〈破岩(レダエスト)〉の準備をしろ！覚悟を決めろ――命に代えても竜を倒すぞ‼」

「この……どいつも、こいつも――！」

　鼻から溢(あふ)れた血を腕で拭って、神父が大鎌(おおがま)を構えて地面を蹴(け)る。

　そして俺は、その神父の襟首(えりくび)を背後から引っつかみ――。

「俺の事も忘れんなよ――っと！」

　森の中へと投げ込んだ。軽く宙(ま)を舞って地面を転がり、見事な受身で立ち上がった神父に、俺は一瞬(いっしゅん)で接近して剣を振り下ろす。

　鎌の持ち手で阻まれるのは予想済みだ。衝撃(しょうげき)を逃がして背後を取られるのも、予想の範疇(はんちゅう)。

振り向きざまにその横面に拳を叩き込もうとすると、寸前で腕が止まった。

「クソ、糸か――！」

舌打ちした瞬間、糸が深く食い込んで俺の腕から血が噴き出す。

「そこまで私に遊んで欲しいのなら――手始めに貴様を殺す！」

神父が鎌を振りかぶった。湾曲した鎌の刃が、俺の首筋にひやりと触れる。

寸前で腰を落として鎌を避け、俺の腕に絡まっている糸を掴んで神父の体を引き寄せた。

神父は糸をほどいて大鎌を回転させ、石突で俺の腹を突く。

後ろに飛んで衝撃を逃がすと、大鎌の連撃が俺に襲いかかった。情け容赦無し――と。完全に殺しに来てる。

「この殺人神父は――よくこの状況で俺達につっかかってこられるな！　そんなに島の人間の全滅が見たいのかよ⁉」

一息で神父の懐に飛び込んで、その薄くて軽い体に肩からぶち当たる。肋骨をいくらかへし折るつもりだったが、体をひねって衝撃を殺された。

舌打ちついでに、振り向きざまに蹴りを一撃。これも器用に大鎌の持ち手で受け止めたが、殺しきれなかった勢いで軽く吹っ飛ぶ。

優雅に着地して法衣の裾を払いながら、神父は答えた。

「それが神の御意志なら」

「神……って……ああ、さいですか……」

俺は笑った。――確か前に、こいつは俺を「家畜」と罵った事がある。

自分の行動や責任を全て他人に押し付ける、考える事をしない家畜だと。

そして自分は、信念をもって行動していると。

――どっちが、そうだ。

自分が行動する全ての理由と責任を、教会と神に押し付けてる神父に、俺が傭兵として他人の命令で動く事をとやかく言われたくはない。

何より俺は、今は自分の意思で動いてる。ゼロに雇われたからとか、ゼロの命令だからとか、そんな話はどうでもいい。

「……何がおかしいのです」

「べぇっつに……ただ、哀れだと思ってな。教会の家畜ってのはよぉ！」

神父の鎌が空を裂き、ヒィン、と高い音が鳴った。その音ごと吹き飛ばすように、俺は地面の土を巻き上げながら大剣を切り上げる。

刃がぶつかり合い、神父の鎌が大きく弾かれた。剣圧で下がったその胸ぐらを掴んで地面に押し倒し、起き上がろうとする体を許さずに馬乗りになる。

ほっそりとした首にナイフを突きつけ、宣言した。

「詰みだな、神父。――俺の勝ちだ」

「まだ終わってなど……！」

「終わりだ。日がある内はお前に勝ち目はない」

むしろ、見えていない状態でここまで普通に戦えた事を思うと、本当に夜のこいつは恐ろしい。

俺が神父から眼帯を剝ぎ取ると、降り注ぐ日の光が瞼(まぶた)越しにも神父の目に突き刺さり、その表情に苦痛が浮かんだ。

その時。

「捕獲(ほかく)の章・第三頁――！　〈岩蔵(エトラーク)〉！　承認せよ、我はゼロなり！」

お馴染(なじ)みの地鳴りと揺れが俺達(たち)を襲(おそ)った。

神父を逃がさないように注意しながら街道に振り向くと、急速に盛り上がった地面が、低空を飛んでいた竜を包み込む。

だができあがったのはいつもの四角い箱ではなく、長い煙突を備えた立派な〝炉〟だった。

地下採掘所の火事場で見たのとまったく同じ形だが、それが巨大な竜を包み込むほどの大きさなのだから、見上げるだけで首が折れそうになる。

そこに、さらにゼロが追い打ちの魔法(まほう)をかけた。

「からのぉ――！　狩猟の章・第六項――〈炎縛(フラギス)〉！」

炉の内部にいる竜を焼いたのか、煙突から一瞬(いっしゅん)だけ炎が吹き上がり、もうもうと黒煙が上がる。

続いて、ゴーダが魔法兵に鋭く命令を下した。

「ノーディス班！〈破岩〉用意！炉の下方に穴を開けろ！」

応と答えて、数人の魔法兵が同時に〈破岩〉の詠唱に入る。凄まじい轟音がして、炉の下部にぽっかりと穴が開いた。そこから熱気が漏れ出してきて、俺は思わず目を細める。

「アルタリア班！〈降穂〉用意！炉の穴から風を送り込め！――火力を上げるぞ！」

ゴーダの命令と共に、強風が炉の中に吹き込んだ。すると炉から突き出た煙突から、真っ赤な炎が勢いよく吹き上がる。

そこでようやく、俺はゼロ達が炉で竜を焼き尽くそうとしている事に気が付いた。――だが、相手は溶岩の中で生きてた竜だ。溶岩ってのは、つまりドロドロに溶けた岩なわけで……。

やはりと言おうか、土でできた箱が熱で真っ赤に光り始めた。

炉の煙突がじりじりと傾き、内側から溶け、崩れ落ちていく。

中から竜が飛び出してくるのに、それほど時間はかからなかった。溶けた炉の破片が竜の羽ばたきで飛び散り、魔法兵達はゴーダの指示で森に駆け込む。

ドロドロの溶岩をぼたぼたと滴らせながら、竜は赤く血走った目でゼロを睨み下ろした。

そんな竜を目の前にして、ゼロは悠然と目を伏せる。

ゼロが見ているのは、〈岩蔵〉の影響で深く抉れた竜の足元だ。

「――いい感じに、地面が薄(うす)くなったか」

構え、詠唱に入る。

「バーディガ・ルム・ド・ガーグ　大地を震撼(しんかん)させし普(あまね)く力の苗床よ　我を阻みし障害を打ち砕け！」

ゼロは笑った。

「これでしまいだ、黒竜よ――地の底へと落ちていけ‼」

とどめだ、と叫ぶゼロの声は、心なしか楽しげに弾んでいる。

それは勝利を確信している声だった。

「収穫(しゅうかく)の章　第八頁――〈崩岳砕(クドラ)〉！　承認せよ、我はゼロなり！」

轟音を上げて、地面が崩れた。それはまるで、下が空洞にでもなってるかのような崩れ方で

──はっと、俺の記憶が呼び起こされる。

「あ……あぁー！　地底湖！　ノーディスとアルタリアの国境！」

ノーディスの地下坑道を掘り進め、アルタリアとの国境で巨大な地底湖に行き当たったのだと、前にゴーダが話していた。

国境とはつまりここで、地底湖はこの真下だ。

真っ赤に熱せられた竜の体は冷たい地底湖に落ち、同時に凄まじい蒸気を噴き上げる。すると、無数の岩が蒸気に押し上げられて宙を舞った。──そして当然、バラバラと地面に降り注ぎ始める。

俺は神父を放り出して慌ててゼロに駆け寄った。

「おい馬鹿！　伏せろ危ねぇ！」

俺が声をかけると、ゼロは逃げようともせず、伏せようともせず、悠然と俺に振り向いて優雅に手を振った。

「やったぞ、傭兵。我輩もなかなかやるだろう」

「言ってる場合か！　周り見えてねぇのかてめぇ！」

今にもゼロに直撃しそうだった岩を寸前で叩き落とし、ゼロを庇って地面に伏せる。

頭やら背中やらに降ってきた岩が直撃し、痛いやら、痛いやら、とにかく痛い。魔法兵団の連中も、森に逃げ込んで降り注ぐ岩をやり過ごしているようだった。

もうもうと立ち込める蒸気に目を細めながら、俺はそっと穴の淵から地底湖を見下ろす。

頭まで湖に浸かった竜がもがき、暴れているのが見えた。その体から岩が剝がれ落ち、白銀の鱗が顕になる。

地底湖はその広さも深さも、竜を飲み込むには十分過ぎるほどだった。竜は湖に落ちた泳げないトカゲのように、なすすべもなく地底湖の底に沈んでいく。

落石が治まり、蒸気が晴れ、竜の暴れる音と悲痛な叫びが完全に聞こえなくなったのはそれからしばらくしてからの事だ。

完全な無音になって、ようやく誰かが「やった」と呟く。

「やったぞ……今度こそ、竜を倒した……！」

そして全員の声が重なった。

「竜を倒したぞぉおぉおお‼」

3

勝利の喜びに湧く魔法兵団の連中が、お互いに抱き合い、肩を叩き合う中、ゴーダがふらふらと俺達に歩み寄ってきた。

落石にやられたらしく、頭から血が流れている。

「治療が必要か？」

とゼロが聞くと、ゴーダは珍しく穏やかに微笑んだ。

「名誉の負傷だ。放っておいて傷にする。――神父様は？」

「眼帯引っぺがして転がしてある」

「眼帯？」

「あいつの目は光で痛むんだよ。これだけ明るい時間帯に眼帯を奪えば、まともに動けなくなる」

ゴーダは眉間に皺を刻み、「非道な」と俺を責める。

「いや、そんな生易しい存在じゃねぇんだよあの神父は！　弱点は的確に突いていかねぇと、っていうか傭兵が敵の弱点を突くのは当たり前で……！」

「冗談だ。真に受けるな」

さらりと言われて、俺は引きつる。

冗談を言う時はもうちっと笑顔を見せていただけませんかねぇ、兵団長殿。と思いはしたが、口にはしない。

しかし、と俺は改めてゼロを見た。

「よく〈炎縛〉で岩が溶かせたな。豚の丸焼きのために作った魔法なんだろ？　魔法で炉を作っただけで、燃料もなしにそう温度が上がるもんか？」

「うむ。本来〈炎縛〉では鉱石を溶かせるほどの温度にはならない。だが――」

ゼロが地面を足で払い、石ころを一つつまみ上げた。

「この島にはこれがある」

「そいつは……蛍石か？　ノーディスの鍛冶場にあった……！」

「そう――鍛冶屋が鉱石を溶かすのに使う〝融剤〟だ。蛍石はさほど珍しい鉱物ではなく、この辺りの山にもごろごろしていた。そこで〈岩蔵〉で炉を作り、蛍石と共に竜を熱し、その体を覆う岩石を溶かした。さらに〈岩蔵〉を使ったために、地面の土が抉れただろう？」

地面の岩をよせ集めて箱を作る魔法なわけだから、使えばそりゃあ地面は抉れる。王女とゼロが魔法試合をした時と同じだ。

そしてそこにゼロが魔法で地面を吹き飛ばせば――下は地底湖で、空洞だ。地面が抜けて竜が落ちるという運びになる。

なーるほど、と俺はようやく納得して尻尾を揺らした。

殺気に気付いたのはその時だ。

大鎌と冷たい糸の気配を感じ、俺はゼロとゴーダを小脇に抱えて、急速に近付いてくる殺意から距離を取る。

俺の鼻すれすれを大鎌の刃がかすめ、深々と地面に突き刺さった。

一体何が――と考えるまでもないだろう。森に転がしておいた神父だ。

それが大鎌を構え、竜の落ちた穴を背に俺達に向き直る。

「おいおい……しぶてぇな」

「私があの程度で、大人しくなるとでも思いましたか？　あの場で私にとどめを刺さなかった事を後悔するんですね……！」

その目には、眼帯の代わりに布が巻きつけてあった。衣の裾を裂いたものだろう。革でできた眼帯に比べれば遮光性なんぞあってないようなもんだろうが、気休め程度にはなるのかもしれない。

「やめとけ神父。相手は獣堕ちと、魔女と、魔法兵団だぞ？　俺一人とやりあって勝てなかったのに、どう考えても自殺行為だろう。大人しく教会本部に戻ってから、改めてこの島の連中を皆殺しにする算段を立てろよ」

「黙れ、薄汚いケダモノが！　私は〈女神の浄火〉の裁定官——魔女を前にして引く事はない！　今ここで貴様らを断罪する！」

神父は叫んだ。

その時。

穴の底で、竜の咆哮がわんわんと響いた。

——まだ、死んでいない。

穴は神父のすぐ背後にある。愕然とし、振り向いた神父の目の前で、竜の爪が穴の淵を摑んだ。見えていなくても、その息遣いは感じられるだろう。竜の首が長く伸び、神父を食い殺そうと大口を開く。

ギラギラと光る無数の歯を前に、神父は反射的に鎌を構え——下げた。神父はどうあっても、竜を傷つけないつもりらしい。

俺が剣を抜いて一歩踏み出すより早く、何かが俺の横を駆け抜けていった。

「兵団長！　お前何して——」

ゴーダが剣を両手に構え、竜に向かって突っ込んでいく。

「お——おぉおおおおぁあぁああ！」

腹の底から雄叫びを上げて、ゴーダは竜の下顎に足をかける。そのまま口を閉じようとする竜の上顎に、渾身の力を込めて剣の切っ先を叩き込んだ。

大量の血が竜の口から噴き出し、ゴーダとその近くにいる神父に降りかかる。ゴーダは全身を血で真っ赤に染めながら竜の口腔から飛び退くと、神父の服を摑んで無理やり後ろに下がらせた。

けたたましい声を上げ、竜ががりがりと穴の淵を引っかき、ずるずると落ちていく。

竜が再び地底湖に落ちる音がして、後は暴れる水音さえ聞こえなくなった。

「……なぜ、私を……」

あのまま竜に食わせておけば、神父がここで暴れたり、教会に戻って黒竜島の異端を報告するのを防げたはずだ。そうすれば少しは、教会騎士団への備えができる。

ゴーダはちらと神父を見て、深く溜息を吐いた。

「教会の信徒が神父を守るのは……当然の事だろう？　これでも俺は、まだ教会信徒のつもりなんでな」

「何を……馬鹿な……！　教会の信徒などと、どの口で――！」

叫びかけた神父の声を、場違いに陽気な拍手が遮った。

音の出処を探して首を巡らせ、崖の上に人影を見つけて俺はぎょっとした。

艶やかな蜂蜜色の長い髪に、ドレスの上に着込んだ鎧。――右目に光る、繊細な細工の片眼鏡。

「あれは……お姫さん？」

ゴーダは剣の血を払い、崖の上に目を凝らした。

「姫だと？　なぜこんなところに――」

「待て、様子がおかしい！」

ゼロが鋭く言って、崖の上を睨んだ。

確かに、あんなところに上って俺達を見下ろしながら、偉そうに拍手をするなんてのはどう考えてもおかしいな。

変に芝居がかっていて、生真面目な王女〝らしく〟ない。

全員が注目する中で、王女はついに口を開いた。

「お見事、お見事、お見事ねぇ！　本当に竜を殺すなんて凄いじゃない！　感動したわ、感心したわ！　とても心が震えたわ！」

どうしてか、全身が総毛立った。

心臓がぎりぎりと痛み、喉の奥から不愉快な苦味が上がってくる。——この感覚は、怒りだ。

そして憎悪だ。

王女の姿で、王女の声だが——喋り方があまりにも似ている。

テオを殺した、あの女に。

「素敵な茶番だったわ。魔法を使えない王と、魔法兵団の絆！　教会に対する謀反の決意。ああ面白かった。まるで派手な演出の戯曲じゃない？　あたし戯曲って見た事ないけど、きっとそんな感じよねぇ？　けど、あたしにも感謝してもらわなくっちゃ。だってそれって、魔法が広まっていたおかげだものねぇ？　つまり——写本を書いた私のおかげですものねぇ！」

ゲタゲタと、耳障りな笑い声が響いた。

困惑するゴーダや魔法兵団の中で、ゼロが張り詰めた声で言う。

「——貴様か。サナレ」

王女は笑った。——サナレの表情で。

「そう。——あたしよ、ゼロ」

アルゲントゥムの言葉が、急に頭に浮かんできた。

サナレは死んだのかと問うゼロに、穏(おだ)やかな口調で、確かにこう言っていた。

——だがその魂は朽ちる事なく、新たな肉体を求めてさまよっている。


ねえ見て、と。王女はくるりとその場で一回転して見せた。

「いいでしょ、このお人形。さっきアルゲントゥムのところで拾ったの。これこそ、あたしにぴったりの体だと思わない？」

4

俺は何も考えなかった。ただ体が前に出て、垂直にそそり立つ崖に爪を立てる。

腕を伸ばしてできるだけ上にナイフを突き刺し、ぐいと体を引き上げた。刺したナイフを足場にしてもう一飛び——二本目のナイフを突き刺し、さらにそれを足場にすれば、崖の淵(ふち)に手が届いた。

「嘘(うそ)でしょう？　崖を登るなんて——凄い執念ねぇ」

「覚悟決めろ——！　ズタズタにして殺してやる!!」

崖を登り切り、俺は王女の姿をしたサナレに飛びかかる。

「けど、残念——あたしもそこまで無防備じゃないのよねぇ」

サナレが言うが早いか、その背後から騎乗した騎士が飛び出してきた。

——いや。違う。

「お前……！」

全身を鎧で固めた、馬の獣堕ちだった。

兜で頭を覆っているせいでその顔は分からないが、ラウル以外にありえない。

槍の先端が俺の体を貫く寸前、ギリギリのところで掴んで貫通を阻止する。だがラウルの突進は止まらず、槍は俺の握力を振り切って深々と肩に突き刺さった。

「が…ッ……ぐあ！」

その勢いのまま崖から押し出され、足が宙に浮いた。自重で槍が傷に食い込んで、俺は痛みに悲鳴を上げる。

「ラウル……てめぇ——どういうつもりだ！」

「……どういう？」

それはいつもと変わらない、穏やかな口調だった。

「僕は姫様をお守りしてるだけですよ、傭兵さん」

それから少し首を傾げて、「痛いですよね。ごめんなさい」とひどくズレた事を言う。

恐怖とも、嫌悪ともつかない感情が全身を駆け抜け、俺は口元を引きつらせた。

「姫様……だと？　あれが——あの性根の腐った笑い方をする女が、お前のお姫さんだってのか？　そんなわけねぇだろう！　目を覚ませ馬鹿野郎！」

「無駄よ、傭兵さん」

クスクスとサナレが笑う。

「その子だって分かってるわよ。あたしが大事なお姫様じゃない事くらい。でも、この体はお姫様のものだものねぇ？　この体が怪我しちゃったら、あたしもろともお姫様も死んじゃうかもしれないもの。そうしたら、守るしかないでしょう？　守り続けたら、あたしが気まぐれでお姫様を返してあげるかもしれないんだから」

「この……ックソ女……！」

「下品な言葉を使わないでちょうだい。あの子が泣くわよ？　あれ、名前なんだったかしら……ネオだか、ミオだか」

「——てめぇがッ……！　てめぇごときがテオの事を口にするんじゃねぇぇぇぇ!!」

「あ、そうそう。テオだったわねぇ。なあに、随分と熱く語るのねぇ。たかが数日一緒だっただけの子供に、何をそんなに執着してるわけ？」

馬鹿じゃないの、とサナレは俺を見下し切った目で言った。

「教えてあげるわ、傭兵さん。あなたはねーぇ？　あの子が死んだから執着してるのよ。死んだから特別だと思ってるの。もっと仲良くなれた〝かもしれない〟。一緒に旅をできた〝かもしれない〟って——そんなキラキラしてる未来の可能性だけ見て、あの子のいいところだけを思い出して執着してるの。もしあの子が生きてたら、今頃邪魔になってどこかに捨てたくなってるかもしれないわ」

「黙れ……黙れ、黙れ！　てめぇの演説なんざ興味ねぇんだよ！」

「聞きたくなければ聞かなければ？　耳でも塞げばいいじゃない。あ、その状態じゃ無理よねえ？　ごめんなさい気付かなくって。——ラウル、降ろしてあげて」

「な、なん——」

ラウルが鋭く槍を引き、俺の体は空中に投げ出される。

「この……大馬鹿野郎があ！」

崖から落下しながら、俺はラウルを罵った。肩から落ちて衝撃を殺し、軽く転がってから
その場にうずくまる。

崖の上から降ってくる哄笑に、俺は血と一緒に悪態を吐き出した。

「哀れなものねえ。亡くしたものだけ大事に想って、特別なものだと思い込んで——孤独な獣堕ちらしいわ。あなたにとって〝絶対に裏切らない相手〟って、〝死んだ人間〟だけですものねぇ！」

聞くな、とゼロが鋭く俺に命じた。

「アレは君をいたぶって楽しんでいるだけだ。奴の言葉のどこにも何の意味もない」

「んなこた分かってる！　――だが、ムカつく！」

吐き捨てて、俺は立ち上がった。

そんな俺を見下ろして、サナレは唇に指を添えて楽しげに笑う。

「今日は挨拶に来ただけよ。獣堕ちと、天才魔女と、魔法兵団と、裁定官なんて、まとめて相手にするなんてさすがに無謀すぎるもの。会わずに消えちゃってもよかったんだけど……ほら、可哀想じゃない？　無駄にこれを探させちゃったら」

サナレは笑って、背中に隠していた二冊の本を胸の辺りに掲げて見せた。

「……嘘だろ」

思わず、呟く。

一目で分かる、あれは【ゼロの書の写本】だ。

「ずぅっとアルゲントゥムに貸してあったの、ようやく返してもらえたわ。あたしが書いた写本なんだから、あたしが回収していいわよねぇ？」

見慣れた光がサナレとラウルを包み込み、声だけが辺りに響き渡る。――強制召喚。こうほいほい使われると、驚きもありがたみもありゃしねぇ。

「次はどこに本を持っていこうかしらねぇ？　そこで何をしようかしら。もしかしたら、もう何か起こってるかも……気になるなら、あたしを追いかけてくる事ねぇ」

光が消えて、サナレとラウルの姿も消える。

ギリと、ゼロが奥歯を軋り合わせた。

「……傭兵よ」

「ああ？　んだよ。俺は今すっげぇイラついてんだ！」

「奇遇だな、我輩もだ」

その声にゾっとして、俺はようやくゼロに視線を向けた。

その顔に張り付く、背筋が凍るような冷笑――。

「我輩はあの女を殺すぞ。確実にだ――！」

終章　裁定官の決断

1

王女が町から竜を引き離すため、ラウルと共にアルゲントゥムの隠れ家に向かった事を俺達が知ったのは、全てが片付いて後だった。

王女はアルゲントゥムがすでに死んでいる事を知らなかったんだ。知る前に、アルタリアを離れてノーディスへと帰ってしまったわけだからな。

竜に追われて逃げ込んだ隠れ家で、王女はアルゲントゥムの死体を見たんだろう。そして動揺した心に漬け込まれ、サナレに体を奪われた。

「――そう考えるのが、妥当だろうな」

広々とした温泉にぷかぷかと浮かびながら、ゼロは眠たげにそう結論づけた。

前に王女に案内された、魔力を回復する効果があるとかいう温泉だ。

王女がいなくなった今、自由に使ってくれというゴーダの厚意だったが、黒竜島に漂着してからこっち、魔法を多用していたゼロにとってはありがたい申し出だった。

そして俺はというと、前回と同じく壁を睨みつけて立っている――と言いたいところだが、もうそんな抵抗も面倒になってゼロと一緒に湯船の中だ。

俺は湯船の淵にぐったりと寄りかかり、ゼロは真ん中辺りで浮かんでいる。

「つまり、なんだ……お姫さんは死んだのか？」

「いや、そうではない。少し、眠っているだけだろう。一つの体に二つの魂——せめぎ合えば、我の強い方が勝つ」

「じゃあサナレをどうにかすりゃ、お姫さんは……」

「救えるだろう。馬のも、きっとサナレにそう教えられていたのだ。それとは逆に、王女を殺したところでサナレは殺せない。あれはもう、そういう〝物〟だ。何より——」

約束した、とゼロは呟いた。

「アルゲントゥムとな……王女を頼むと言われ、我輩は承諾した。我輩は魔女だ。魔女は一度交わした契約は違えない」

だから、逃がした。——つまり、完全にしてやられたわけだ。

「気になるなら追ってこい……か。ったく、舐められたもんだな。で、どうするよ、魔女。予定通り〈弓月の森〉を目指すのか？　それとも、あの女を追って写本を回収するのか？」

そうだな、とゼロは息を止め、ブクブクと温泉の底に沈み込む。

不安になるほど長時間湯船の底に沈んでから、ゼロは勢いよく起き上がった。

「正直、分からない」

「溜めてそれかよ……」

俺が突っ込むと、ゼロは笑って立ち上がった。視界の端にちらとだけその姿を捉えると、その体の曲線は相変わらず完璧で、悪魔の描いた絵画のように現実味がない。

「だが、進路は当初の予定通りだ。我輩は王女の魔力を知っている。そしてその魔力は、目下我輩達が目指している南の港——ルートラの辺りから感じられる。まるで、我輩達を誘っているようにな」

俺は勢いよく体を起こした。

「宣戦布告からの待ち伏せだと？　舐めたマネしてくれるじゃねえか……！」

「そうだな。舐められっぱなしでは、泥闇の魔女の名がすたる。——ともあれ、まずは島を出なければ。そろそろ、神父の手配で沖の船に繋ぎが付けられた頃だろう。行くぞ傭兵。破竜王の元へな」

2

破竜王。

それが、魔法兵団長に変わるゴーダの新たな称号だった。

先王はすでに死んでいて、戴冠を予定していた王女もいない。他に血族もいないとなれば、必然的に同盟国の王であるゴーダが新たな国王にならざるを得ない。

たとえ竜を殺し、魔法を受け入れ、教会に滅ぼされる運命が決まっている国でも——だ。

──とはいえ。

「これは竜が死んだっていうのか……？　それとも、産まれたって言うのか？」

ゴーダの肩にへばりついて離れない、人間の赤ん坊ほどもある白銀のトカゲを見ながら、俺はなんとも言えない表情で呟いた。

トカゲの背中には羽があり、その頭からは小さいながらも角が生えている。

竜が落ちた地底湖から現れた事も考えると、こいつはどうしたって竜の子供としか言えないような生き物だった。

姿を現すなり、ゴーダを見つけて突進し、ベッタリと張りついたまま離れなくなり、現在に至る。

あの竜が子供を孕んでいたのかと思ったが、そもそも竜の死体自体が見つからなかった事を考えると、あの黒竜が縮んだとしか思えない。

「竜とは不死身であり、その実力を認めた者に下る事がある──という伝説を聞いた事があるが……まさか、こういう事だとはな」

ゼロが何度目か分からない感心の声を上げて子竜をつつくと、子竜は小さな口を大きく開けて思い切りゼロを威嚇する。

しかしゴーダが静かにその口を閉じさせると、グルグルと喉を鳴らしながら大人しくなった。

まるでゴーダを親だと思い込んでいるようですらある。

「俺を守っているつもりらしいんだ。さっき棚に足をぶつけたら、棚に向かって威嚇していた」

「頼もしい事ではないか。我輩、ちょっとうらやましい。我輩が竜にとどめをさしていれば、この竜は我輩に下ってくれたのかと思うと悔やまれるな」

勘弁してくれよ、と俺は鼻の頭に皺を寄せる。

「魔女だけでも苦労してんのに、子竜なんぞ連れて旅なんぞできるか。旅芸人を装わなきゃならなくなるぞ」

「いいではないか、楽しそうだ」

「楽しくねぇよ！」

ったく……と俺は深く息を吐く。まったくもって、何もかもがでたらめだ。

神父もこんな事案は初めてらしく、完全に困り果てているようだった。俺達を即断罪する気力を失い、黙って沖の船を呼びに行くくらいは困り果てていた。

ゴーダが教会信徒であると公言し、神父を救った結果竜を殺し、殺した竜に懐かれ、魔法兵団が民のために命をかけたのだから、今頃神父の中では、教会の教えと正義の定義がぐちゃぐちゃになって凄まじい混乱をきたしている事だろう。

正直に、同情する。

いっそ殺してやった方がよかったんじゃないかと本気で思うくらいだ。

「ゴーダ様！　ゴーダ様ぁ！」

人で賑わう王城広場に、若い男の声が響く。

ゴーダが「ギィ」と呼ぶ若い魔法兵が、城へと続く大階段を駆け下りてくるところだった。

すぐにゴーダの前まで駆けてきて、「船が」と言う。

「来たのか？」

「はい！　なんでか分かりませんが、でかいのが四隻も！」

「なんだと⁉」

俺とゼロは顔を見合わせた。――心当たりなら、ある。

「領主、だな」

ゼロの言葉に、俺は全面的に同意した。

「領主だろうなぁ」

そして案の定、四隻の内三隻は、イデアベルナの領主が手配した船だった。

黒竜島の近くで俺達の乗った船が行方不明になり、船の手配をした領主が捜索に乗り出していたらしい。

さすがに黒竜島には近付く事ができずにいたが、神父の報告で危険はないと分かって乗り込んできた――と。そういう運びらしい。

残り一隻は神父が乗ってきた船だ。

領主がよこした船があるんだから、神父まで律儀に戻ってこなくてよかったんだが……まあ、島の住民を運び出すなら、船の数は多いに越した事はない。

事はとんとん拍子で運んだが、問題がないわけではなかった。

何がどう転ぶかは分からないが、ゴーダ達は一応魔法で竜を殺した大罪人なんだ。船はそんな連中を乗せる事はできないし、乗せてもらえたとしても、教会の支援が得られなければ行き場はない。

必然的に、ゴーダと魔法兵団は島に残る事になった。

そして、そんないつ教会騎士団に島ごと焼かれるとも分からない土地に残りたい人間などいるはずもなく――。と、思ったのは俺の大きな間違いだった。

船に乗り込んだのは、俺達と一緒に島に漂着した船乗り連中と、元々島外の人間だったのが出られなくなっていた商人やらを除けば、たかだか数人のみだった。

その数人は熱心な教会信徒で、魔法を恨み、島の神父を殺した奴らを憎んでいた。だが千人はいるだろう島民のなかで、島から逃げ出すのがたかが数人というのは異常な数字だ。

「全員が逃げるってなら、そりゃ逃げるけどさ。王様と魔法兵団は残るんだろ？　なのに自分達だけ逃げるってのもねぇ」

「あたし達に魔法は使えないけど、それでも魔法のない生活ってのはもう考えられないし……この島はまだ竜の加護に見放されちゃいない。姫様じゃないけど、残るのが〝最善〟って気がするんだよ」

そう、島の人間は口々に言って頷き合う。

漂着した船乗りの中からさえ、島に残ると言い出す奴が出てくる始末だった。

理由はひとつ——魔法だ。

船乗りの中にも、魔法の才能がある奴がいた。そしてその魅力は、教会に殺されるかもしれないという危険を理解していても振り払えないものがあるらしい。

神父は島の人間をどうにか説得して船に乗せようと努力したが、神父の言葉に耳を傾ける人間は誰もいなかった。

3

明けて翌朝。

出港の準備が整い、俺とゼロも滞りなく島を出られる事になった。

港でゴーダと魔法兵団による見送りを受ける。さすがに竜を衆目に晒すのはまずいという事で、ゴーダの部屋に閉じ込めてきたようだが……。

「ボロッボロじゃねえか」

「仕方ないだろう！　しがみついて離れなかったんだ！」

顔といい、服といい、子竜の爪にやられてボロボロの状態でゴーダは怒鳴った。

「まったく、先が思いやられる……俺に竜を育てる事などできるわけもない。姫もいなくなってしまわれた。正直言って、不安しかない。だが、お前達に残ってくれと言うわけにもいかない」

肩を落としたゴーダの胸を、とん、とゼロが軽く拳で叩いた。

「気弱になるな、破竜王。君は立派に王の器だ。少々考えが足りないところはあるかもしれないがな」

ゴーダは眉間の皺を少しだけ浅くして、居心地悪げに身じろぎする。

それから思い出したように懐を探り、一枚の羊皮紙を俺達に差し出した。

「忘れるところだった。これを返しておこう。昨日ようやく見つかったんだ」

「これは……【魔女の手紙】じゃねえか！」

すっかり存在を忘れてた。受け取り、早速広げてみると、アルバスの字がびっしりと書いてある。しかも見た事のない文面だ。

随分返事を待たせちまった事になるなあ……キィキィと怒るアルバスの声を想像し、俺は耳と尻尾を力なくへたらせる。

「世話になったな、色々と。俺にも何か返せればいいんだが……」

「我輩は見返りを求めて行動しているわけではない。我輩の道程に、ただこの島があり、君達がいた。それだけだ」

出航するぞ、と水夫達が船の上から怒鳴った。

俺とゴーダは最後に軽くお互いの肩を叩き合い、

「香水でも付けたらどうだ、獣堕ち」

「眉間に軟膏でも塗ったらどうだ、顰め面」

と軽口を叩き合う。

ゼロが長い外套の裾を翻し、ゴーダに背を向けた。

そして、

「気が向いたら、竜の成長具合でも時々手紙で知らせてくれ。イデアベルナの領主に手紙を送れば、巡り巡って我輩のところに届くだろう」

と言い残す。後は振り返らずに船に乗り込んだ。


――だが。


「……なんでてめぇがこの船に乗ってんだ？」

思わず、聞いた。

杖を体の前に立て、その上に両手を重ね置いた直立不動状態の神父が、甲板で俺達を待ち受けていたからだ。

「お前が乗ってきた船はこれじゃねえだろうが！」

「正規の料金を支払い、こちらの船で乗船許可を得ました。口出しされるいわれはありませんね」

「あいにく俺は獣堕ちで、俺が護衛をくれてんのはご存知のとおり魔女なんでな。神父の存在に物申すいわれはいくらでもあると思うんだが？」

「よせ傭兵。つまり――だから神父はここにいるのだ」

そうだろう？　とゼロは優しげに神父を見る。

そのゼロに、神父はもはや微笑みを返さなかった。

そして、

「これより先、〈女神の浄火〉の名において、あなたを私の監視下に置く事に決めました。魔法は竜を倒すほどの強大な力であり、もはや見過ごす事はできない。あなたが魔法についての情報を包み隠さず開示し、教会の役に立つのなら、あなたを魔女として処刑するのにいくらかの猶予を与えましょう」

と、言った。

あとがき

四巻！　ついに四巻！　ほんとに出るとは思わなんだ。

これも読者のみなさまのおかげです。

いつもありがとうございます。虎走かけるです。

というわけで今回は、担当Y岡氏が突然「ページ余ったからたくさんあとがき書いてもいいですよ」って言い出したので、十ページくらいあとがきを書く挑戦をしてみようと思います。

いつも「ページ足りないから二ページで」って言ってくるのに。珍しい。いつも「ページ数が多すぎるからもっと削れ」って雰囲気出してくるのに。珍しい。

私だってたまには二百ページくらいで収めてみたいと思ってるんですよ？　けどどうしてか三百ページになっちゃうんですよ。多分私のせいじゃない。嘘ですすみません全部私の責任です。

ともあれ、珍しくたくさんあとがきが書けます。自己顕示欲が強いくせにチキンな私は、大義名分のもとに作品語りができるあとがきが大好きです。小説読むときもあとがきから読む派。なのでちょいちょいネタバレを食らっている。

このあとがきも長く書くから、ネタバレしちゃうかもしれませんな。私と同じように、あとがきを先に読む畑の方はご注意ください。

ところで四巻では馬の獣堕ち(けものお)が出てくるわけですが、もやもや悩んだ結果、馬頭ではなくてケンタウロスタイプを採用しました。

いやあ、ケンタウロスってかっこいいですよね。賢者(けんじゃ)でありながら戦士な感じが凄(すご)くいい。『聖闘士星矢(セイントセイヤ)』でもゴールドクロスだった。射手座の私大歓喜(だいかんき)案件だった。

知り合いの作家さんに「ケンタウロスかっこいいよね」って話をしたら、素で「ちょっとよく分からない」と返されて軽く凹(へこ)むなど。

ケンタウロスの魅力(みりょく)が分からない人も、きっと『ゼロの書』四巻を読めば分かってくれるでしょう。いいかよく聞け！　姫とケンタウロスの組み合わせは！　最高だ‼　と私は思っておりますので、その思いの三分の一でも、みなさんに届けられたらいいなと思っております。

馬が好きなので乗馬を始めようと思い立った事もあったんですが、私は動物の毛に強いアレルギーが出る体質でして、数日間の乗馬体験で四六時中くしゃみと鼻水に襲(おそ)われるという体験になってしまいました。

馬の毛って短いからさ、すごいよ。ほんと。あと飼葉ね。やばい。馬の背中でくしゃみ連発すると、馬が音に驚(ひび)いて走り出しやしないかヒヤヒヤしてしまうわけですよ。

後半は鼻にティッシュ詰めて、マスクで鼻と口を覆(おお)って馬乗ってました。中世ヨーロッパの街ではそこかしこに家畜がいるのが当たり前だったわけですが、動物アレルギーの人は大変だったじゃろうなあ……。

まあそのなんだ、色々なタイプの獣堕(けものお)ちがいると思って頂ければいいなと思っています。リザードマンとか人魚とかドラゴニュートとかも好きなんですよ私は。あとエイリアンとかプレデターも好き。エイリアンのラブコメを描きたい欲求が湧き出る程度には好き。

「あの子とキスしたいのに、俺の唾液は溶解液なんだ！」

みたいな切実な苦悩を抱える若者達(たち)の青春。話が脱線しましたね。たくさん書いていいと思うと心にゆとりが生まれてどうでもいい脱線をしてしまいますね。

脱線ついでに、せっかくだから、イタリアに取材旅行に行った事を自慢しますね。

そうです私も取材旅行とか行くのです。ファンタジー界隈では「実物を見ると想像力が逆に死ぬ」みたいな雰囲気もあるんですが、私にはそもそも想像力がまったく足りていないので、実物を見たり資料を読んだりして情報を集めないとファンタジーが書けない。

なので、「ヨーロッパの古い町を見てみたいなー」と常々思っていたのですが、みなさんが『ゼロの書』を買ってくださったおかげで旅行資金が手に入り、意気揚々と取材に行くことができました。ありがとうございます。本当にありがとうございます。

で。イタリアに「アッシジ」っていう古い町があるんですが、ローマから電車を乗り継いで二泊ほどしてまいりました、

アッシジに滞在するツアーがなかったので全部個人手配したんですが、フランクフルト空港でローマ行きの飛行機に乗り継ごうとしたら、なぜか私が乗る予定の飛行機が存在しない事に

なっているという事件に見舞われました。

慌てて搭乗予定の窓口で事情を聞くと、空港の事故で国際便の乗り入れが不可になっているとの事。

「ビコーズ　エアポート　イズ　ファイア」

と、分かりやすい英語で私に説明してくれたドイツのカッコイイおばちゃんの事を、私は一生忘れないでしょう。エアポートイズファイアて……。

一旦トリノへ飛んでから、国内線で無事にローマに到着できたときは奇跡だと思いました。同行してくれた友人と、その後しばらくトラブルがあるたびに「仕方ないよ。ビコーズ　エアポート　イズ　ファイア」と言って乗り切っていた。最初にでかいのに当たるとその後のトラブルが楽に思える不思議。

アッシジは坂と階段だらけの、石造りの小さな町です。周りは壁に囲まれていて、町の入口には門があって、端から端まで二十分もあれば十分に歩けてしまう。そんな小さな町に、大きな聖堂が三つもある。町外れにも、また違う聖堂が一つある。

ゲームだと「町一つにつき教会一つ」がお約束なんですが、イタリアやドイツをふらふら歩いてみると、日本で言う寺並にたくさん聖堂があります。そして地図を見るときは聖堂を目印にして考えるので、「教会って本当にセーブポイントなんだな」ってまたゲーム的な事を考えたり。

巡礼地であり、観光地でもあるわけなので、道端に記念メダルとかが売ってます。

お金をいれて、ハンドルをグルグル回すと、伸ばされたメダルがカランと出てくる仕組みなのですが、私がせっせとハンドルを回していると、修学旅行か遠足と思しきイタリアの少年少女達にそれはそれは興味深そうに観察されました。

私が去った後に少年達も記念メダル作りに挑戦していた。そして私は記念メダルを即効でなくした。どこに行ったんだろう私の記念メダル……。

アッシジで滞在した後は、夜行列車に乗ってドイツに移動し、ネルトリンゲン、ディンケルスビュール、ローテンブルクなどのロマンチック街道を流れて再びフランクフルトを目指しました。

ドイツの古い町も、やっぱり町の周りをぐるりと壁で囲まれているんですが、基本的に木造で、昔大火事で全部焼け落ちたのを再度作り直したりしているようだ。

そうなんです。昔の家はヨーロッパでも基本は木造なのです。けどいつでも建築技術の最先端を駆け抜けてきた教会だけは石造りだったりするので、教会は燃え残る事が多い。火事になると人々は教会に逃げ込んだりもするのですが、教会の周りに藁を重ねて火をつけられると、中で蒸し焼きになるという恐怖の事案も発生したようです。

などという事を思いながら古い町を実際に歩いて、お祭りで中世の服を着て歩く人々を眺めて、教会を見て回るのはとてもいい経験になりました。

とはいえ、現実世界の中世ヨーロッパ世界を完全に踏襲する気はないのです。ないというか、できないというか……踏襲してるつもりでも絶対にどっかで「おかしい」が発生するので、あまり深く考えない事にしています。

すでに「明らかに近世の技術や思想じゃねーか！」ってものがわらわら登場していますが、「『ゼロの書』の世界では誰かが早い段階でそれを開発したんだろうな」と思って頂ければいいなと思っています。

私は中世ヨーロッパ風ファンタジー世界に水洗トイレが存在してもいいと思っている派閥に所属している。古代ローマには下水を使った水洗式のトイレがあったわけですし、「いいじゃんいいじゃんあってもいいじゃん」みたいな。

雰囲気をブレイクする事はあまりしないようにしたいなーと思っているんですが、オーパーツとか超古代文明とかを愛する私としては、魔法＋メカって最高だなって思っていたりして。出したいなー。メカ。メカかっこいいなー。メカ。

というところで、現在五巻をせっせと書いております。

あ、五巻では獣堕ちの女の子が出てきます。

普通の獣人に始まり、鳥出してみたり、ケンタウロス出してみたり、女の子にしてみたりと、イラストを担当して頂いているしずまよしのり先生には、毎度大変ご迷惑をおかけしていると思っている。

すみませんすみません。そして本当にありがとうございます。

次はどんな獣堕ちを出そうかなー！

あとね！　ファンレター！　ね！　くれた人達ね！

みなさん本当に本当にありがとうございます。お返事はできていませんが、元気がなくなったときに読み返してニヤニヤしております。

ゼロと傭兵のイラストを贈ってきてくださった方や、便箋数枚に上る熱いお手紙を送ってきてくださった方もいて、「私、ここにいてもいいのかもしれない！」という気持ちになりました。

美女と野獣ジャンルが好きだよって人とか、獣人には興味なかったけど、好きになったよって人とか、いろいろな声が聞けて私はとても嬉しい。

今日も明日も、私は読者のみなさんに生かされている。これからも頑張ってゆきたいと思っておりますので、何卒よろしくお願いいたします。

あぁ、まだ十ページ書いてないのに、書く事がなくなってしまった。

底の浅い私のあとがき力などこの程度のものか……。

それではみなさん、次は五巻のあとがきでお会いしましょう。

あとがき
竜が登場して ファンタジー色が一気に強くなってきました。
そして、4体目の獣堕ち"ラウル"、まさかこうくるとは…
上半身の人と 下半身の馬の接合部分を
デザイン上 どう毛むくじゃらに処理しようかと
未だに悩んでます。
今後登場するであろう獣堕ちを
虎走さんの期待に答えつつ 震えながら待ってます。
それでは⑤巻で お会いしましょう!!
しずまよしのり

◉虎走かける著作リスト

「ゼロから始める魔法の書」（電撃文庫）
「ゼロから始める魔法の書II　―アクディオスの聖女〈上〉―」（同）
「ゼロから始める魔法の書III　―アクディオスの聖女〈下〉―」（同）
「ゼロから始める魔法の書IV　―黒竜島の魔姫―」（同）

本書に対するご意見、ご感想をお寄せください。

電撃文庫公式ホームページ 読者アンケートフォーム
http://dengekibunko.dengeki.com/
※メニューの「読者アンケート」よりお進みください。

ファンレターあて先
〒102-8584　東京都千代田区富士見 1-8-19
アスキー・メディアワークス電撃文庫編集部
「虎走かける先生」係
「しずまよしのり先生」係

本書は書き下ろしです。

電撃文庫

ゼロから始める魔法の書IV
—黒竜島の魔姫—

虎走かける

発行　2015年8月8日　初版発行

発行者　塚田正晃
発行所　株式会社KADOKAWA
〒102-8177　東京都千代田区富士見2-13-3
プロデュース　アスキー・メディアワークス
〒102-8584　東京都千代田区富士見1-8-19
03-5216-8399（編集）
03-3238-1854（営業）
装丁者　荻窪裕司（META＋MANIERA）
印刷・製本　加藤製版印刷株式会社

ISBN978-4-04-865306-0　C0193　Printed in Japan

電撃文庫　http://dengekibunko.dengeki.com/
株式会社KADOKAWA　http://www.kadokawa.co.jp/

電撃文庫創刊に際して

文庫は、我が国にとどまらず、世界の書籍の流れのなかで〝小さな巨人〟としての地位を築いてきた。古今東西の名著を、廉価で手に入りやすい形で提供してきたからこそ、人は文庫を自分の師として、また青春の想い出として、語りついできたのである。

その源を、文化的にはドイツのレクラム文庫に求めるにせよ、規模の上でイギリスのペンギンブックスに求めるにせよ、いま文庫は知識人の層の多様化に従って、ますますその意義を大きくしていると言ってよい。

文庫出版の意味するものは、激動の現代のみならず将来にわたって、大きくなることはあっても、小さくなることはないだろう。

「電撃文庫」は、そのように多様化した対象に応え、歴史に耐えうる作品を収録するのはもちろん、新しい世紀を迎えるにあたって、既成の枠をこえる新鮮で強烈なアイ・オープナーたりたい。

その特異さ故に、この存在は、かつて文庫がはじめて出版世界に登場したときと、同じ戸惑いを読書人に与えるかもしれない。

しかし、〈Changing Times,Changing Publishing〉時代は変わって、出版も変わる。時を重ねるなかで、精神の糧として、心の一隅を占めるものとして、次なる文化の担い手の若者たちに確かな評価を得られると信じて、ここに「電撃文庫」を出版する。

1993年6月10日
角川歴彦